Author
進行諸島
Illustration
風花風花
13
転生賢者の異世界ライフ
～第二の職業を得て、世界最強になりました～

お前は――
テアフ……なのか？

違う。私は――
〝レリオール〟って名前だよ
ユージに歩み寄るテアフだったが、
なんと彼の体には古の凄腕テイマーと呼ばれた
「レリオール」が乗り移っていた――!?

「破空の神雷」

レリオールと強制的に戦わせされるユージ。
拮抗する現代の賢者と古の賢者……、
果たして勝負の行方は——!?

エトワスの魔法書から会得した
飛行魔法「竜翼の祝福」を発動すると
ユージの背中から炎の翼が現れる！

かっこいいッス！
燃えてるよーー！

Tensei Kenja no Isekai life

contents

転生賢者の異世界ライフ
~第二の職業を得て、世界最強になりました~

転生賢者の異世界ライフ

～第二の職業を得て、世界最強になりました～

13

Author

進行諸島

Illustration

風花風花

Tensei Kenja
no Isekai life

『エンシェント・ライノ、もうちょっと近づけるか？』


スライムから『感覚共有』で伝わってくる印象だと、真竜のような魔力は、かなり大きい。

これならエンシェント・ライノが近づいても、気付かれることはないだろう。

スライムだけで近づければ一番バレにくいのだが、それだと何かあったときに退避《たいひ》が間に合わない可能性があるからな。


敵の拠点からは真竜のような魔力を感じるが、これが真竜そのものなのか、それとも真竜の魔力を再現しただけの魔道具などなのかはまだ分からない。

まずは、それを確かめる必要があるだろう。

などと考えていたのだが……その心配はいらなかったようだ。


「おお……！」

研究員の1人が、拠点の中心付近を見て声を上げた。

そこには黒いもやのようなものが集まり……黒い竜巻のようなものができはじめていた。

黒いもやは、拠点のあちこちから集まっている。

明らかに偶然ではなく、敵が意図してやっていることといった雰囲気だな。

しかし……拠点のあちこちから放たれる魔力の中で、真竜の魔力と似たような雰囲気を感じるものは、ごく一部だ。

それ以外は、ただの強い魔力といった感じがする。

だが、そういった普通の魔力も、黒いもやに触れると途端に真竜の魔力のように変質し、竜巻の元へと集まっていく。

どうやらあの黒いもやには、周囲の魔力を変質させる力があるようだ。

『煙が集まってるー！』

『なんか、きもちわるいー！』

『ユージ、どうするー？』

普段であれば、敵が危険なことをしたら、とりあえず『極滅の業火《ごうか》』かなにかを撃ち込んで止めるところだ。

だが……今回同じことをするのは、危ないような気がする。

なにしろ、あの黒い竜巻が『極滅の業火』の魔力を吸収して成長しない保証は、どこにもないのだ。

しかし、魔法ひとつで止められるのであれば、それに越したことはない。

俺《おれ》の魔法が吸収されるのかどうか、試してみるか。

そう考えて俺は、吸収されても被害の小さい魔法で試してみることにした。

『魔法転送——小風刃《しょうふうじん》』

俺はエンシェント・ライノの背中に乗ったスライムから、目立たない魔法を発動した。

ターゲットは、近くにあった木の枝だ。

すると……魔法は発動するかどうかといったところで黒いもやに変わり、竜巻に吸い込まれていった。

一方、試し撃ちの的にした木の枝は、無傷だ。

どうやら、あの竜巻はかなり強い力で、周囲の魔力を支配しているらしい。

こんな状況で『極滅の業火』を撃ち込むのは、敵に塩を送るだけの結果に終わる可能性が高い。

せめて敵を倒せるのなら、竜巻を大きくしてでも魔法を撃ち込む価値はあるのだが……『小風刃』が木の枝すら斬れなかったことを考えると、炎が敵に届くかどうかも怪しいところだ。

一旦《いったん》は様子を見るしかないな。

場合によっては『絶界隔離の封殺陣』などで隔離をする選択肢もあるが、あの魔法はあの魔法で魔力消費が凄《すさ》まじいので、使うべきかどうかは慎重に判断する必要がある。

『……とりあえず、煙に近づかないようにしてくれ。何が起こるか分からないからな』

『分かったー！』

今のところスライムや、『研究所』の連中自身に悪影響が及んでいる様子はない。

恐らく竜巻には、生物の中にある魔力まで制御する力はないのだろう。

とはいえ、油断はできないだろう。

『エンシェント・ライノ、危険だと感じたら、すぐにスライムを乗せて逃げてくれ』

『了解した。主《あるじ》よ』

などと話していると……黒い竜巻が、形を変え始めた。

竜巻は急激に地上へと吸い寄せられ……わずかに地面から離れた場所で、ドラゴンのような形を取り始める。

真竜のような魔力という時点で、嫌な予感はしていたが……どうやら予感は当たってしまったようだな。

『あれ、ドラゴンのにせものー?』

『いや……偽物とは言い切れないな。』

真竜の成長は、普通の生物とはかなり違っている。

例えば、俺が最初に戦った真竜……『デライトの青い竜』は、森を焼き払って魔力を吸収し、それによって急速に成長していた。

食べ物ではなく魔力によって成長したことなどを考えると、本物の真竜も魔力の塊だと言ってもいいかもしれない。

だとすれば、魔力が集まって作られたドラゴンも、本物の真竜だと言える可能性はあるだろう。

そう考えるうちにドラゴンの形は安定し、黒いもやは収まっていった。

竜巻があった場所には、ちゃんとした真竜の……少なくとも見た目や魔力からは、何もないところに魔力が集まって形成されたとは思えない真竜が座っている。

「こ、これが人造竜……!」

「素晴らしい……！　真なる竜が、人の力で作り出せるとは……！」


現れた竜の姿を見て、研究員たちが驚きや喜びの声を上げた。

あれが本当に真竜なのかはまだ分からないが……『人造真竜』と呼べる存在であることは間違いがなさそうだ。

敵は『人造竜』と呼んでいるようだが、いずれにしろ、敵がこれを作り出したことに疑いの余地はない。


研究員たちは、ただ驚いたり喜んだりしているばかりではなかった。

数人の研究員たちが真竜の背中に登り、魔石のはめ込まれた拘束具のようなもので、ドラゴンの体を縛り付けていく。

拘束具は地面に刺さった大量の杭《くい》につながれ、ドラゴンの動きを封じているようだ。

以前に戦ったドラゴンも、現れてすぐは動きが鈍かった。

そのタイミングで拘束するところまで含めて、『研究員』たちの計画だったのだろう。

今のところ、その計画はうまくいっているようだな。

「竜を敵として倒すのではなく、召喚して手懐《なず》ける……！　我々の研究が、ついに実を結んだのだ！」

「やはり正しかったのは我々だ！　竜を敵として倒すのではなく、全《すべ》ての竜を人間のもとで従える……！　我々の理想の、記念すべき第1歩だ！」

「我々はただ敵対するしか脳のない『救済《きゅうさい》の蒼月《そうげつ》』とは違う……我々こそが、世界を支配するに足る存在だ！」

……敵が言っていることがもし本当なら、あの人造真竜は連中に手懐けられた……研究所の『飼いドラゴン』のようなものだということになる。

そして『救済の蒼月』に関して言っていることを考えると、連中の目的も根っこは『救済の蒼月』と同じ……真竜の襲撃に対抗することなのだろう。

正直なところ、俺も連中もやっていることの目的は、そこまで変わらないのかもしれない。

俺も真竜に滅ぼされたくないのは同じだし、だからこそ真竜と戦ったのだ。

だが……『救済の蒼月』も『研究所』も、手段に問題がありすぎる。

『救済の蒼月』は人間ごと真竜を滅ぼそうとした本末転倒な組織だったし、『研究所』は人間を実験材料扱いし、『救済の蒼月』すらはるかに超える死者を出した大犯罪組織だ。

連中の手段がもうちょっとマトモなら、協力の余地もなくはなかったかもしれないが……今となっては無理な話だな。


幸い、黒い竜巻はもう収まった。

今なら『極滅の業火』を撃ち込んでも、魔力を取り込まれたりはしないだろう。

他の罠《わな》などが仕込まれている可能性は排除できないが、今までよりは格段に戦いやすくなった。

しかし、『人造竜』が本当に真竜に対抗できる可能性のある技術だとしたら、少しでも情報を引き出したいところだな。

せめて敵があの『人造竜』を手懐ける方法だけでも、把握しておきたいところだ。

などと考えていると、ドラゴンが叫び声を上げ始めた。

俺との戦いで、『破空の神雷』を受けたときのような絶叫だ。

『なんか、おこってるよー！』

『……嫌な予感がする。少し距離を取るぞ』

スライムたちの感覚が正しいなら、ドラゴンは怒っているようだ。

連中は『人造竜』たちを従えたと言っていたが……それは連中の勘違いだった可能性もあるな。

『魔法転送──対魔法結界』

『魔法転送──対物理結界』

スライムたちの安全を確保すべく、俺は結界魔法を発動した。

エンシェント・ライノは多少の攻撃ではビクともしないが、スライムたちは魔法には弱いからな。

そして、俺が結界を発動し終わった直後──ドラゴンが叫び声とともに、地面に向かって口を広げた。

真竜が火を吹いたときと同じ動きだ。

だが真竜の口から吐かれたのは、炎ではなく黒い煙だった。

煙い煙は地面を撫《な》で、あたりへ広がっていくが……煙を浴びた研究員たちには、なんの影響もない。

だが、研究員以外は違った。

煙が当たった場所の木々はあっという間に枯れ果て、木に張り付いていた虫たちは動かなくなって地面に落ちた。

どうやら炎のような派手さはないが、ドラゴンが吐く煙も極めて有害なようだ。

『感覚共有』から受ける印象だと……煙というよりは呪《のろ》いのように感じるな。

スライムたちは距離と防御魔法のおかげで助かったが、あのまま何もせず近くにいたら危なかっただろう。

「素晴らしい……！」

研究員の1人が、拠点の中にあった檻《おり》のひとつを開けて、そう呟《つぶや》いた。

中には1匹の鳥が入っていたが……鳥は先ほどの呪いによって死んでしまったようだ。

「我々以外の全てを殺しながら、死体には傷一つつけない吐息……これこそ我々が求めていたものだ！　これさえあれば、試料はいくらでも確保できるぞ！」

「『原料』たちは、ちゃんとルポリスに集まったよな……？　いくら『加工』の準備がうまくいっても、原料がなきゃどうしようもないぞ」

「そちらも抜かりない。あとはこの竜をルポリスまで連れていけば……試料不足も今日で卒業だ」

どうやらルポリスだけが魔物の襲撃を受けていなかったのは、このドラゴンを使って殺すのが目的だったようだ。

連中が呪いを作るのに使う『試料』とやらには、人間の死体が必要みたいだからな。

それをきれいなまま残せるよう、炎ではなく呪いの吐息を吐くドラゴンが必要だったのだろう。

もちろん、そんな真似《まね》を許すつもりはない。

今すぐに『極滅の業火』を放てば、ドラゴンは解き放たれるかもしれないが、それがピンポイントでルポリスを狙《ねら》うようなことは避けられるだろう。
できればドラゴンが制御された状態のままでなんとかしたいが、そうも言っていられないかもしれない。

そして……今の状況に満足していないのは、俺だけではなかった。
ドラゴンは、研究員たちを殺すために放った息吹がなんの効果もあげなかったことに怒り、暴《あば》れ始めたのだ。
しかし拘束具はドラゴンの強さも考えて設計されていたようで、ドラゴンの体は地面にしっかりと縛り付けられたまま動かなかった。

体の拘束がとけないことを理解したドラゴンは、何度も呪いの息吹を吐く。
その様子を見て、研究員の1人が嘲笑を浮かべた。

「無駄な抵抗を……我々に生み出された竜が、我々の拘束を解《ほど》けるわけもないだろう」

ドラゴンはおそらく、人間の言葉を理解はしていない。

だが、その嘲笑の意図は感じ取ったのだろう。
人造真竜の怒りが、さらに強まったような気がした。

そして、次にドラゴンが吐いた炎には……わずかに炎が混ざっていた。
その炎は地面まで届かないほどの量だったが……恐らく見間違えではない。

「今……炎が混ざってなかったか？」

「え？　そんなわけ……」

研究員のうち1人が、それに気付いたようだ。
だが、手遅れだった。

次にドラゴンが吐いた吐息は、ほとんどただの炎だった。
それが放たれると同時に、拘束具に組み込まれた魔石が砕け散る。

「こ……拘束が解かれた！」

「馬鹿《ばか》な……！　計算上、強度は十分だったはずだ！」

研究員たちがうろたえる中、人造真竜は地面に埋まっていた杭を、近くの研究員もろとも焼き払った。

俺はそれを見て、エンシェント・ライノに声をかける。

『撤退してくれ！　距離を取れるだけ取るんだ！』

『了解した！』

そう言ってエンシェント・ライノが、凄まじい速度で人造真竜から距離を取る。

エンシェント・ライノが凄まじいパワーを全力で発揮すれば、かなり音や砂埃《すなぼこり》も目立つことになるが……どうやら人造真竜の怒りは自らを縛り付けようとした研究員たちに向いているらしく、エンシェント・ライノのことは眼中にないようだ。

人造真竜は研究員たちの拠点を跡形もなく焼き払うと、逃げ出した研究員たちを1人ずつ爪《つめ》

でつぶしたり、火を吐いて燃やしたりし始めた。

……研究員たちを排除するために『終焉《しゅうえん》の業火』を撃つかどうかで迷っていたが、どうやら撃たなくて正解だったようだな。

撃っても撃たなくても研究員たちは炎で焼き払われる運命だったようだし、俺は魔力を無駄遣いせずに済んだ。

問題は……あの人造真竜をどうするかだな。

呼び出した連中を倒してそれで満足してくれればいいのだが、拘束具による制御もなくなった今、あれは普通の真竜と同じようなものだと思っていいだろう。

人工的に作られた竜なので、さすがに『デライトの青いドラゴン』や『赤き破滅の竜』ほどの力を持っているとは思いたくないが……あの二つのドラゴンは、どちらも完全な状態になる前に倒したものだ。

今回のドラゴンが未完成かどうか分からない以上、あれよりも格下かどうかは判断がつかない。

しかし……今はもう、あの魔法を吸収する黒い煙がないのは確かだ。

つまり、普通に魔法を撃ち込める。

『魔法転送——破空の神雷』

俺はエンシェント・ライノの背中に乗ったスライムに、魔法を転送した。

エンシェント・ライノ自身は呪いの影響で魔法転送の対象にできないのだが、この方法ならエンシェント・ライノの機動力とスライムの属性魔法適性をどちらも活用できる。

今までに相手してきた真竜たちは、魔法転送では倒せなかったが……やってみる価値はあるだろう。

「ギョアアアアアァァ！」

スライムから放たれた雷は、ドラゴンの翼を貫いて爆発《ばくはつ》を起こした。

そして空ゴンの翼は根本から切断され、地面へと落下した。

……効いている。

明らかにあのドラゴンは、今までに戦った真竜ほどの防御力を持っていない。

『雷属性適性のスライムは分裂してくれ！』

『分かったー！』

ここは魔力を出し惜しみせず、一気にカタをつけるべきだ。
そう判断した俺は、一気に真竜を仕留めるべく、スライムたちに分裂してもらうことにした。
こうすることによって複数の魔法を同時に転送し、瞬間的な攻撃力を得ることができるのだ。
当然、魔力消費も多くなるわけだが……今の俺の魔力なら、なんとかなるだろう。

「魔法転送──」

そうして俺が魔法を転送しようとしたタイミングで、異変が起こった。
ドラゴンの体が急に黒く変わり、まるで粘性の高い液体かのように、溶けて崩れ始めたのだ。

「……倒した……のか？」

俺は魔法の転送を中止し、その様子を見守る。

これで終わりなら嬉《うれ》しいところだが……なんだか嫌な予感がする。

その予感は俺自身というより、スライムからの『感覚共有』で伝わってくる魔力によるものだ。

しかし、あの液体に『破空の神雷』を撃ち込んだところで、もはや意味はないだろう。

『破空の神雷』は確かにドラゴンの体を貫くことができたが、あの液体を消滅させることができるとは思えない。

この場面で使うべきは……。


「魔法転送——解呪・極！」


俺は液体に向かって、解呪魔法を転送した。

解呪魔法は射程が短く、遠くに向かって使うと効果が小さくなってしまうのだが……解呪魔法が効くかどうかを確かめることはできるからな。

そして、白い軌跡を描いて飛んだ解呪魔法は……黒い液体を素通りし、反対側へと通り抜けていった。

解呪魔法の様子は、普通の空気中を通るときと全く変わらない。

あの黒い液体は、呪いとは違うということだろうか。


そう考えている間にも、黒い液体は段々と地面を広がっていく。

あたりに散らばっていた研究員たちの死体は液体に呑《の》み込まれ、溶けるように消えていく。

それだけでなく……液体は段々と揮発し、煙となって空気中にも広がっていくように見えた。


……あの液体や煙は呪いとは違うようだし、ただ空気に溶けて消えていってくれると嬉《うれ》しいのだが……どうやらそうではないようだ。

煙に触れた木の葉は白く変色して固まり、微動だにしなくなった。

まるで石にでも変わってしまったような感じだ。


そして固まってしまったのは、木に取り付いていた虫も同じだ。

先ほどの呪いの吐息と少しだけ似ているが……あの吐息に触れたものは固まるのではなく腐り落ちるような感じだったので、また違ったものなのだろう。

解呪魔法がなんの反応もしないという意味だと、厳密には呪いとは別物なのかもしれないが……見た感じの印象だと、呪いのようなものだな。

このまま放っておくと際限なく広がっていきそうなので、とりあえず閉じ込めてみることにするか。

「魔法転送――対魔法結界」

俺は結界魔法を展開し、煙と液体を閉じ込めた……つもりだった。

だが黒い液体と煙はまるで結界など存在しないかのように、魔法を素通りして広がっていく。

……液体の主成分はどう見ても魔力なので、『対魔法結界』なら閉じ込められると読んだのだが……結界で触ることすらできないというのは意外な結果だ。

あれは案外魔法とは違う、物理的なものなのか……？

そう考えて俺は、次の魔法を転送する。

「魔法転送――対物理結界」

あの液体が物理的な存在だとすれば、これで止められるはずだ。

すぐに破壊されるかもしれないが、それは結界を重ねたり、より強度の高い結界魔法を使ったりすれば解決できる。

そう考えていたのだが……対物理結界も、液体にはなんの影響も与えられなかった。

『あれが何なのか……誰《だれ》か分かるか？　っていうかあの液体、お前たちにも見えるよな？』

対物理結界でも対魔法結界でも干渉できない存在というのは、初めて見る。

もはや俺が黒い液体や煙の幻覚を見ているだけで、本当は何も存在しないという気さえしてくる。

だが……。

『見えるよー！』

『見える～！』

『もちろん見えるぞ。……逃げたほうがよさそうだな』

どうやらスライムたちやエンシェント・ライノにも、あの液体は見えているようだ。

上空を飛ぶスラバードの視界からは、黒い液体が広がっていく様子がよく見える。

液体の速度は人間が走ってギリギリ逃げられるかどうか程度なので、エンシェント・ライノが追いつかれることはないだろうが……どこまで広がるのか見当もつかないのが怖いところだな。


「魔法転送——火球」


俺は普通の魔法なら効果があるのか気になって、スラバードから地面に向かって火球を転送してみた。

すると……火球はまるで液体など存在しないかのように地面に当たって爆発した。


だが、液体の影響ははっきりと現れていた。

着弾地点の周囲にあった草木は、まるでガラス細工か何かのように砕けて散らばったのだ。

昔、バラの花を液体窒素に漬けてバラバラにする実験を見た覚えがあるが……あんな感じだ。

このまま液体が俺たちの元へとたどり着いたときに何が起こるのかは、あまり想像したくないところだ。

俺1人なら、プラウド・ウルフかエンシェンド・ライノに乗って逃げれば何とかなるだろう。

あの液体が大陸全土を覆《おお》い尽くすような代物だったら話は別だが、数百キロ逃げて済む話なら問題はない。

しかし……ここには1万7千人を超える一般住民たちがいる。

彼らを全員逃がすというのは、ほぼ不可能だと言っていい。

「これは、なかなか厄介なことになったな……」

こうなると、研究員たちが人造真竜を抑え込めなかったのが本当に想定外だったのかも、少し怪しくなってくる。

実は研究所の上層部は、こうなることが分かっていたんじゃないか……？

もし敵の目的が呪《のろ》いを使って人間だけを殺すことなら、呪いはドラゴンに吐かせるよりも、液体の形で広がってくれたほうが都合がいい。

ドラゴンに言うことを聞かせるのは難しいが、無差別殺人が目的であれば、方向を問わずに広がる液体は最適だろう。

液体によって広範囲を一網打尽にするのを前提としているのなら、ルポリスに人を集めさせる理由はないようにも思えるが……ルポリスはこのあたりの都市の中では、最も研究員たちの拠点から近い街でもある。

液体の広がる範囲が有限だとすれば、できるだけ近くに人を集めたいというのは自然だろう。

明らかに呪いによる攻撃なのに、防御魔法も解呪魔法も効かないというのは、極めて厄介だ。

一応、『絶界隔離の封殺陣』を使ってみるという手もあるが……あれは確かに頑丈な結界であるものの、すり抜けられてしまえば意味がない。


などと考えていると、教師の1人が俺《おれ》に話しかけてきた。


「ユージ、何かあったのか？　……まさか、魔物がこの街に？」

「いや、街に向かっているのは魔物じゃなくて黒い液体だ。……逃げたほうがいいかもしれない」

「黒い液体……？　よく分からないが、それは危険なのか？」

「俺もよく分かってないんだが……恐らくロクなものじゃない。向こうに向かって移動すれば、少しは距離を取れる」


今この状況で取れる対処は、距離を取って、そこまで液体が届かないのを祈ることだろう。

それに意味があるかは分からないが……敵が他の街だけを魔物に襲わせた理由が距離だとすれば、逃げ切れる可能性はある。

他の街にいる人間を巻き込めるほど広範囲に液体が広がるなら、敵は俺たちをルポリスに集めたりはしなかっただろうしな。

とはいえ……この状況で街を出るのは、リスクを伴う判断でもある。

なにしろ、ここに集まっている住民たちの半分以上は、魔物の大群から逃げてきた人たちなのだ。

そしてこの街も、魔物に襲われない保証はない。

襲撃を受けるのが、街の中にいるときであれば比較的守りやすいが……避難途中で魔物の大群と鉢合わせるのが、最悪のパターンだ。

もちろん『終焉《しゅうえん》の業火《ごうか》』などを使えば魔物のほとんどを焼き払うことはできるかもしれないが、広範囲に散らばった魔物を全滅させるとなるとなかなか難しいからな。

門と外壁だけ守ればいいのと、全方位をくまなく守らなければならないのでは、難易度が全く違う。

「……状況が摑《つか》めないが、一つだけ聞きたい。ユージは、逃げるべきだと思うか？」

俺は教師の言葉に、少し考える。

魔物の襲撃は……今後の可能性としてはあるが、今のところその兆候は見えない。

一方黒い液体のほうは、今も着実に広がっている。

どちらを重視すべきかは明らかだろう。

「ああ。逃げるべきだと思う」

「分かった。では、その判断を信じよう。……避難誘導は俺たちが引き受けるから、ユージには道中の索敵と安全確保を頼みたい」

そう言って教師たちは、避難誘導の準備を始めた。

万単位の人間を動かそうと思えば、凄《すさ》まじい時間がかかるはずだが……教師たちは生徒に指示を出して、なんとか避難態勢を作っているようだ。

生徒たちがただの学生ではなく、騎士などを志望する戦闘集団だからできることだな。

王都王立学園は名前こそ普通の学園っぽいが、実態としては精鋭だけを集めた軍学校のようなものだ。

もちろん生徒という身ではあるのだが、こういう緊急時には一般人より動きがいい。

しかし……だからといって、逃げ切れるかは別問題だ。

間に合うことを祈りたいが……なにしろ1万人を超える人間なんて、きれいに並ばせるだけで1時間以上はかかりそうだからな。

中にはお年寄りやけが人も含まれることを考えると、液体がここにたどり着く前に移動できる距離は、さほど長くないだろう。


『主よ、近くに着いたぞ』

『ああ。……一旦《いったん》ここで待機してくれ』


一方エンシェント・ライノは凄まじい速度で森を駆け抜け、俺たちがいるルポリスのすぐ近くまでたどり着いたようだ。

背中に乗っているのが人間だったら、加速度で押しつぶされるほどの速度が出ていたはずだが……スライムたちに物理的な衝撃はなんの関係もないからな。

とはいえ、あの液体にまで耐えられるかは別の問題なのだが。

などと考えつつ、上空にいるスラバードを通じて液体の様子を見ていたのだが……少し地上の様子が変化したような気がする。

はじめはその理由が分からなかったのだが……様子を見ているうちに、何が変わったのかに気付いた。

この液体が発生した直後、地面の木々はほとんど動いていなかった。

だが今は、まるで台風にでも吹かれているような感じで、激しく揺れているのだ。

『なんか、風が吹いてないか？』

『さっきから、ちょっと吹いてるよ～！　わぁっ！』

スラバードの声とともに、『感覚共有』の視界が揺れた。

一瞬、わずかに高度も落ちたが……スラバードはすぐに体勢を立て直したようだ。

『どうした？』

『急に風が強くなった～！』

どうやら地上で木々を揺らしている風が、スラバードの高度にも届いたようだな。

スラバードが飛べないほどの強さではないようだが……問題はこの風が、俺たちのいるルポリスに向かって吹いていることだ。

あの液体が、風のせいで加速するようなことはないだろうか。

炎魔法にも影響を受けないのだから、ただの風などの影響を受けることはないと思いたいところだが……。

どうやら、そううまくはいかないようだった。

それどころか、事態はさらに悪化しているように見えた。

風に吹かれた黒い液体は、煙となって吹き上がった。

そして黒い煙は、風に乗って凄まじい速度で飛び始める。

黒い煙が広がる速度は、スラバードの高度からでも目で追うのが大変なほどだ。

ここまで加速されてしまうともう、避難がどうとかいう話ではない。

対物理結界には引っかからないくせに、風に乗って飛ぶことはできるというのは……なんという理不尽だろう。


などと考えつつ俺は、もう一度解呪を試してみることにした。

『魔法転送――解呪・極！』


俺がスラバードに転送した魔法は、黒い煙に当たると……白く光り、黒い煙を消滅させた。

どうやらあの煙は液体と違って、魔法で干渉が可能なようだ。

風の影響を受けるようになったところからしても、性質はだいぶ変わっているようだな。


しかし、煙が消えたのは、解呪魔法が直接あたった場所だけだ。

解呪魔法は煙を貫通することもなく、ほんの少しの煙を浄化して消えてしまった。

大地を覆《おお》い尽くす煙に対しては、たとえ1万匹のスライムを並べて同時に『解呪・極』を転送したとしても、焼け石に水といったところだろう。

俺は対処を探すべく、手持ちの魔法を見てみる。
しかし……解呪系の魔法では『解呪・極』が最上位なのは、すでに確認済みだ。
となれば、打てる手はもう一つしか残っていない。

『エンシェント・ライノ、全速力で逃げてくれ！　風下を避けるんだ！』

『了解した！』

幸い、あの黒い煙は均等に広がっているわけではなく、風に飛ばされるように広がっている。
風が吹く方向さえ避ければ、巻き込まれることはないだろう。
問題は、そこまで逃げ切れるかだが……そこは祈るしかないな。

『……スラバードは、とにかく上げられるだけ高度を上げてくれ！』

スラバードより煙のほうが速いので、今から合流するのは不可能と言っていい。

しかし今のところ、煙は上空まで届いていない。

上昇気流などによって煙が巻き上げられるようなことがないのを祈ろう。


『……だが、主とプラウド・ウルフはどうする？』

『ユージ、どうするのー？』


そして問題は……俺たちだ。

避難の準備は進んでいるが、まだ出発できる段階にはない。

街を出るまでに、あと30分はかかってしまうだろう。

一方、煙が届くまでには……この調子だと、5分とかからないはずだ。

町の住民たちを置いて逃げるという選択肢もあるが、そもそも俺はそこまで速く動けない。

俺たちの中で一番速いのはエンシェント・ライノの全力疾走は人が乗れるようなものではないし、防御魔法などで頑張って耐えたとしても、エンシェント・ライノの足を引っ張ってしまうだろう。

スラバードも、今ここにいない。

もしスラバードがすぐ近くにいたとしても、俺を持ち上げられるような力はないしな。

残る選択肢はプラウド・ウルフだが……ファイアドラゴンの魔物防具をつけて走っても、あの煙から逃げられる気はしない。

つまり、俺も逃げられないというわけだ。

『俺は結界に閉じこもる。解呪魔法が効くなら、結界魔法も効くかもしれない！　……プラウド・ウルフも、街から離れないでくれ。結界魔法で一緒に囲むからな』

『了解ッス！』

実験をしている時間はない。

あの煙が結界で防げるかどうかを確認するためには、スラバードを地上近くまで送り込んで結界を使い、中に煙が入り込んでいるかを確かめる必要がある。

リスクが大きい上に……仮に結界魔法が煙を防げないと分かったとしても、代わりに打つ手の候補もないので、実験にあまり意味はないだろう。

それに、俺が今から使う結界魔法は、実験のために使えるような魔力消費ではない。

俺が知る限り最強の結界魔法……『絶界隔離の封殺陣』を使うつもりなのだ。

実は、自分を囲うために『絶界隔離の封殺陣』を使うのは初めてだ。

今までは基本的に、攻撃の発生源を囲うような使い方をしていた。

しかし今回の黒い煙は、到底囲えるような規模ではない。

「投光弾・極！」

俺は結界魔法を発動する前に、光魔法を発動した。

以前に読んだ本が正しければ……この魔法は空高く浮かぶ光の玉によって、周囲を照らす魔法のはずだ。

夜間の戦闘などで、敵や魔物に位置を知られずに明るい視界を得るための魔法らしい。

手元で灯《とも》すタイプの光魔法は、遠くから見れば一目瞭然だからな。

もちろん、今はこんな魔法がなくても周囲は見えるのだが……結界が発動した後には必要になるだろう。

今から使う『絶界隔離の封殺陣』が光すら完全に遮断してしまうせいで、太陽の光も届かなくなるからな。

この魔法が太陽の代わりとまでいえるかは分からないが……少なくとも、急に周囲が真っ暗になることによるパニックを防ぐのには役立つだろう。

そして、この魔法を使うのは、酸素を節約するためでもある。

明かりがないからと言って中で火を燃やせば、結界内の酸素を消費し、二酸化炭素だの一酸化炭素だのといった有害物質の濃度を上げてしまうからな。

一酸化炭素の発生は燃やし方次第で防げるかもしれないが、二酸化炭素はどうやっても発生する。

そして二酸化炭素は、濃度が上がると意外と危ない物質なのだ。

だから結界の中では、できるだけ炎を使いたくない。

たとえ煙を防げたとしても、結界の中で窒息したりガス中毒になったりして死んだのでは本末転倒だ。

まさか夜間戦闘用の光魔法を、こんな風に使うとは思わなかったが……暇な時に少しずつ魔法書を読み進めていてよかったな。

などと考えつつ俺は、遠くを見る。

黒い煙は、すでに俺自身の視界でも確認できるところまで迫っていた。

あの煙が風に飛ばされ始めたのが、避難が始まる前だったのが幸いだな。

おかげで結界によって俺たちの周囲を囲んでも、結界の中には食料がたくさんある。

避難を始めた後だったら、俺たちはわずかな食料で結界に籠城を強いられるところだった。

もしそんなことになれば、街に残ったスライムたちが暴動を起こすのも時間の問題だっただろう。

なにしろあの煙は、いつになったら消えるか分からないのだから。

まあ、一番いいのは、俺たちが避難を終えた後で煙になってくれることだったのだが……そこまでうまくはいかないようだ。

「魔法転送――絶界隔離の封殺陣！」

俺は『投光玉・極』が光を放ち始めたのを確認して、『絶界隔離の封殺陣』を発動した。

すると……巨大な黒い壁が街を覆うように現れ、俺たちの元に太陽の光は届かなくなった。

しかし『投光玉・極』のおかげで、真っ暗になる事態は防げるようだ。

などと考えていると……住民や生徒たちが集まっている場所が騒がしくなり始めた。

当然だろう。

避難の準備中に、急に周囲が黒く巨大な壁に囲まれたのだ。

事情を知らなければ、この世の終わりだと思っても仕方がないくらいだ。

しかし、多少の混乱が起こるのは仕方がないだろう。

『絶界隔離の封殺陣』のことを誰《だれ》かに説明するわけにはいかないし、その時間もなかったからな。

幸い、王都王立学園の教師や生徒たちのおかげで、住民たちの混乱はそこまでひどくなっていないようだ。

彼らも状況など分かってはいないはずだが……緊急時への対処を訓練しているだけあるな。
何も分からない中でも、冷静に対処しようと試みているようだ。

「ユージ、この黒い壁が何か分かるか⁉」

先生の1人が、今の状況について聞きに来た。
正直に答えたいところだが……この魔法は切り札の一つなので、俺の魔法だと言うわけにはいかない。
話がどこから漏《も》れるかは分からないしな。

「分からない。黒い煙の影響かもしれない。……だが、危険なものではなさそうだ」

「危険なものじゃないんだな！　その情報だけで十分だ！」

そう言って先生は、嬉《うれ》しそうに生徒たちの元へと戻り、この壁が危険ではなさそうなことを伝え始めた。

どうやら住民や生徒たちも、次第に落ち着いているようだ。

『スラバード、状況はどうだ？』

『ユージたちのとこ、見えてきたよー！』

スラバードの声を聞いて『感覚共有』を発動すると……遠くの方に、俺たちが閉じこもっている結界が見えた。

真っ黒で巨大な立方体なので、遠くから見ても目立つな。

そんな立方体は、すでに煙に包まれていた。

スラバードよりも先に、黒い煙のほうがたどり着いていたようだ。

しかし今のところ、煙が『絶界隔離の封殺陣』に入ってきている様子はない。

『……食い止められたみたいだな』

どうやら『絶界隔離の封殺陣』は、あの煙を防げるようだ。

この煙が消えるまで、結界が壊れずに耐えてくれるかはまだ分からないが……今のところ『絶界隔離の封殺陣』に大した負荷がかかっている様子もない。

まずは煙が収まるのを待ちつつ、今後の対処を考える必要がありそうだな。

◇

それから1時間ほど後。

俺たちはまだ、『絶界隔離の封殺陣』の中にいた。

周囲を覆う煙は……消えるどころか、勢いを増していた。

『どこも、煙だらけだよー！』

スラバードの視界から見る限り……俺たちがいる辺り一帯は、完全に黒い煙に覆われている。

だが、煙はどこまでも続いているというわけではないようだ。

『こちらは無事だ。主《あるじ》よ』

俺たちのいる場所から100キロほど離れた場所で、エンシェント・ライノがそう告げる。

煙の勢いを考えると、もしあの煙がいくらでも遠くに届くようなものだとすれば、とっくに100キロ先に到着しているはずだ。

どうやら推測通り、煙が届く範囲には限界があるみたいだな。

煙はどこかで消えているのか、あるいはせき止められているのか……いずれにしろ、煙が遠くまで届いていない理由を知ることは、状況の打破に役立つかもしれない。

『スラバード、エンシェント・ライノがいる方に飛んで、煙の切れ目を探してきてくれるか』

『分かったー！』

そう言ってスラバードが、煙の切れ目に向かって飛び始める。

俺はその様子を『感覚共有』で眺めながら、スライムを介して通信を始めていた。

この状況で真っ先に思い浮かぶ通信相手はシュタイル司祭だ。

当然、『絶界隔離の封殺陣』が機能しているのを確認してからすぐ、俺は司祭に連絡したのだが……彼は今のところ、神からなんのお告げも受けていないと言っていた。

教会の情報網を使って色々と調べてくれるようだが、さすがに時間がかかるだろう。

今度の通信の相手は、バオルザードだ。

彼をテイムすると、大量の魔力を消費し続けることになるわけだが……バオルザードは知り合いの中で唯一、人間を乗せて空を飛べる魔物だ。

このまま煙が消えなかった場合は、彼の力を借りて、空から逃げることになる可能性もある。

『バオルザード、聞こえるか？』

『ああ、聞こえるぞ。……ユージから連絡とは珍しいが、何かあったのか？』

『……実は黒い煙に覆われて、身動きが取れなくなっている。『絶界隔離の封殺陣』のおかげでなんとかなっているが……何か知らないか？』

『黒い煙？　……いくつか心当たりがあるが、どんなものか教えてくれるか？』

俺はバオルザードの言葉に頷《うなず》いて、ドラゴンが液体になり、さらにそれが広がるうちに煙になったことや、液体のうちは解呪魔法が効かなかったものの、煙になった後は解呪魔法が効いたことなどを話した。

それらを全《すべ》て聞いて、バオルザードは少し考え……。

『すまないユージ、我の記憶に、その煙に似たものはない。……液体になるドラゴンという話はどこかで聞いた覚えがあるが……煙になるというのは初耳だ』

『液体になるドラゴンについて、何か情報はあるか？』

あのドラゴンに関して何か分かれば、今の煙の原因も分かるかもしれない。

ドラゴンが『研究所』によって生み出されたことを考えると、何らかの呪いの儀式によるものである可能性も高いが……その詳細が分かれば、止め方も分かるかもしれないからな。

どこかに本当の黒幕……『研究員』たちを騙《だま》してドラゴンを生み出させた人間がいるのだとしたら、その居場所を突き止めることにもつながる可能性もある。

『いや……我は『液体になるドラゴン』という言葉を聞いたことがあるだけだ。情報源はおそらく、人間の研究者だろうが……』

人間の研究者か。

シュタイル司祭などのツテで、話せればいいのだが……バオルザードが人間と話して噂《うわさ》を聞いたとなると、最近の話ではないような気がする。

最近のバオルザードは、山に引きこもっているだけだからな。

村人たちはバオルザードを崇《あが》めているようだが、噂話をするような相手ではないだろう。

とはいえ、一応聞いてみるか。

『ちなみに、その話を聞いたのは何年前だ？』

『うーむ……600……いや、800年前だったか？　1200年くらい前だったかもしれん。……ううむ……』

『……ありがとう。ものすごく昔だということは分かった』

やはり昔の話だったようだ。

600年でも1200年でも、当時の人間が死んでいることに変わりはない。

文献などが残っていれば嬉《うれ》しいが……今から探すのは無理があるだろうな。

世界中の古文書を探し回って読んでいるうちに、この結界の中の食料が尽きてしまうのはほぼ間違いない。

『実物を見れば、なにか思い出すかもしれん。……今向かっているから、おそらく30分ほどで着くだろう』

『……頼んだ。煙がどこまで届くか分からないから、できれば高度を高めに保ってくれ』

『了解した！』

とりあえず、バオルザードが来てくれるだけでも心強いな。

バオルザードが到着する前に、解決の糸口でも摑めればいいのだが。

それから20分ほど後。

スラバードが嬉《うれ》しそうな声を上げた。


『切れ目が見えてきたよ～！』


俺《おれ》はその言葉を聞いて、『感覚共有』を発動する。

すると……確かにスラバードの視界には、黒い煙の切れ目が写っていた。

スラバードのいる場所から切れ目までは数十キロは距離がありそうだが……その切れ目は、遠くからでもはっきりと確認できた。


その切れ目は、結界魔法か何かで遮《さえぎ》られているかのようなものだった。

切れ目の内側では黒い煙が地上数十メートルまでを覆《おお》い尽くし、草木は全《すべ》て灰色に固まっているのだが……そのわずか1メートル外側では、全く無傷の木が風に揺れているのだ。

とはいえ、結界などは見当たらない。
煙も切れ目で跳ね返されるのではなく、ただ消滅しているかのような感じだ。
この状況は、大きなヒントだな。
『……あの煙は、一定の範囲から出られないみたいだな』
『うん～！』
『とりあえず、一旦《いったん》煙のある範囲から出てくれ。外側からも様子を見てみたい』
『分かった～！』
もし煙が存在できる範囲に制限があるのだとしたら……その理由が気になるところだ。
それさえ分かれば、煙をまとめて消し飛ばせるかもしれない。
などと考えていると……スラバードの視界に異変があった。

地面を覆っていた黒い煙が、キラキラと輝き始めたのだ。
そして、今までは地面の近くしか覆っていなかった煙が……空高く噴き上がり始めた。

『なんか、光ってるよ～！』

『そのまま外に向かって飛ぶんだ！』

スラバードがいる場所から煙の範囲外までは、まだまだ距離がある。
光る煙の上がってくる速度を考えると……脱出は間に合わなそうだ。

「魔法転送――対物理結界」
「魔法転送――対魔法結界」

俺は結界魔法を展開して、スラバードのはるか下で煙を食い止めようとした。
しかし……煙はまるで結界がないかのように、まっすぐ上がってくる。

どうやら普通の結界魔法では、あの煙には効果がないようだ。

魔力消費は多くなるが、『絶界隔離の封殺陣』を使うしかないか。
とっくに魔力はマイナスだが、HPにはまだ余裕があるので、耐えられるはずだ。

「魔法転送――」

魔法を使おうとしたところで……俺はふと、周囲が明るくなっているのに気付いた。
俺が使った『投光玉・極』はまだ残っているが、あの魔法はここまで明るくない。
あの魔法ではなく、光を遮っていた『絶界隔離の封殺陣』が光っている……いや、光る何かが、結界の内側に入り込んでいるのだ。

『……この光は防げないみたいだな』

恐らくあの煙が光っているのは、スラバードのいる場所だけではなく、俺たちがいる場所でも同じなのだろう。
黒い煙は『絶界隔離の封殺陣』で防げていたが、光る煙は無理みたいだな。

……こうなってしまうと、もう打てる手がない。

せいぜい防御魔法をかけて耐えきれることを祈るしかないが……『絶界隔離の封殺陣』ですら防げない煙を相手に、どんな防御魔法を使えばいいというのだろう。
何か、こういったものに対抗できる魔法はないだろうか。

そう考えていると、プラウド・ウルフの声が聞こえた。

『なんか、キラキラが入ってきたッスけど……これ、何ッスか？』

『触れないよう、街の中に逃げてくれ！　なんとか対処を見つけて……』

『いや、もう触ってるッスけど……これ、ヤバいやつッスか⁉』

……ん？
すでに触っている……？

プラウド・ウルフの声はいつも通りというか……普通に元気なように聞こえるな。
もしかしてこの白い煙は、触っても大丈夫なものなのか？

『お、俺……死ぬッスか⁉　助けてほしいッス……！』

俺の反応が不安になったようで、プラウド・ウルフは泣きそうな声だ。

しかし、その声は全く弱々しくなったりしていない。

『プラウド・ウルフ、体はなんともないのか？』

『い、今のところ何の問題もないッスけど……』

『じゃあ、大丈夫かもしれない。……その白いキラキラ、実は無害なんじゃないか……？』

黒い煙に触れた植物やら虫やらは、即座に白く固まっていたはずだ。

すでにプラウド・ウルフが白い煙に触ってから、10秒は経過している。

もし同じ現象がプラウド・ウルフにも起こるなら、とっくにプラウド・ウルフは喋《しゃべ》れなくなっているはずだ。

それとも、触れた煙の量が少なかったとかか……？

そう考えて俺は、『感覚共有』でプラウド・ウルフの視界を借りてみた。

すると……その視界は、思ったよりも真っ白だった。

白い煙に触れているというより、完全に煙の中にいるような感じだな。

プラウド・ウルフは息も止めていないようなので、あの白いキラキラを吸い込んでもいるはずだ。

これで普通に喋れているのだから……あの煙は、まず無害だと言っていいだろう。

『安心してくれ！　今のところ、煙は無害そうだ！』

プラウド・ウルフの様子を見ているうちに、スラバードや俺自身の元にも、白い煙がやってきていた。

そして俺たちは煙に包まれるが……確かになんともない。

目をつむれば、自分が煙の中にいることすら分からないくらいだろう。

今のところ、この煙によって起きている問題は……周囲が見えないことだけだな。
まるで猛吹雪の中にでもいるみたいに、肩に乗っているスライムさえおぼろげにしか見えない状態だ。
しかし、『感覚共有』や『魔物意思疎通』が、魔物たちの無事を伝えてくれている。

『なんともないー！』

『この煙、こわくないよー！』

……さて、これからどうするべきだろう。
今のところ煙は無害だが、また急に煙の色が変わったりして、有害になったりする可能性がないともいえない。
上空まで白い煙に覆われていることを考えると、バオルザードに救出してもらうようなこともできないだろう。

『……とりあえず『絶界隔離の封殺陣』を解除するぞ。一旦、煙の範囲外に脱出しよう』

幸い、結界魔法の中に閉じこもる必要がなくなったので、避難を再開できる。

視界が全くない中だと移動には苦労するかもしれないが……魔物たちの感覚があれば方角くらいは摑《つか》める。

煙の範囲から出るだけなら、なんとかなるだろう。


住民たちをどうするかは問題だな。

さすがに万単位の人間が視界もない中で動いたら、途中で転んだりぶつかったりする人が出て、逆に危険かもしれない。

視界を確保する方法が分かるまで、待っていてもらったほうがいいような気もする。


「みんな、動かないでくれ！　下手に動くと危ないかもしれない！」


俺は視界のない中でそう告げたが……返事は聞こえない。

というか……あたり一帯が、異様に静かだ。


以前は、たとえ俺に話しかける者が1人もいなくても、生徒たちが列を整理する声などが聞こえたものだが……今は誰《だれ》の声も聞こえない。

白い光に包まれ、完全に視界を奪われたような状況で、誰も大声を出さないわけがないのに。

『……俺たち以外の魔力が動いていない気がするんだが、気のせいか……？』

『うーん……多分、動いてないと思う……』

俺自身は魔力を感じ取るのが苦手だが、スライムたちは魔力を感じ取ることができる。

そのスライムたちの感覚を借りた感じだと……街のなかにある魔力反応のほとんどは、完全に動きを止めている。

動いているのは俺と、スライムたちと……俺に向かって大慌てで走ってくる、プラウド・ウルフだけだ。

『な、なんか人にぶつかったッスけど……この人、固まってるッス！』

『固まってる……？』

『そうッス！　石みたいに硬いッス……！』

……どうやらあの煙が無害なのは、俺たちに対してだけのようだ。
俺もスライムも、プラウドウルフも、スラバードも無事なのだが……他の人々は、煙によって固められてしまったようだ。

しかし、彼らが死んでしまったのかというと……そうでもなさそうだな。
もし死んでいるのであれば、魔力反応は動かなくなるのではなく、消滅するはずだ。
死んだ魔物や人間に、魔力反応はないからな。

どうやらこの煙には、生物を固めて動けなくする効果があるようだ。
なぜ俺たちが動けているのかは不思議なところだが……魔力量などの関係だろうか？
しかし、魔力量は少ないはずのスラバードも無事なので、よく分からないところだな。

『煙から出たよ～！』

どうやらスラバードは、煙からの脱出に成功したようだ。
外から見ると、煙の切れ目はとても分かりやすい。

やはり煙が存在できる範囲は、きっちり決まっているようだ。

スラバードの視界は、まるで白い水が満たされた水槽を外から眺めるかのように、切れ目の内側だけに煙がとどまっている様子を写していた。

煙の色が黒から白に変わっても、一定範囲から出られないことに変わりはないようだな。


などと考えていると、プラウド・ウルフが俺のもとにやってきた。

俺は今の視界で転ばずに歩ける自信はないが……プラウド・ウルフは割と普段どおりのペースで走れているようだ。

最初に人にぶつかってからは前に気をつけているのか、特に何かにぶつかっている様子もない。

やはり狼の感覚は、人間よりも優れているようだな。

脚が4本あるのも大きそうだ。


『プラウド・ウルフ、この視界でも歩けるか？』

『気をつけてれば大丈夫ッス！　……でも、遠くは見えないッスね』

そう話していると……視界が次第に晴れてきた。

どうやら煙は色を変えることもなく、ただ消えているようだ。

例のドラゴンの煙による問題は、これで終わりということだろうか。


『あっ……煙が消えてくよ～！』

『煙、なくなったー！』


スラバードがいる場所でも、煙は消えているようだ。

急に色が変わって、煙が俺たちにとっても有害なものになったりするという心配は、杞憂《きゆう》だったみたいだな。

俺はそう考えて、『絶界隔離の封殺陣』を解除する。

しかし、周囲の草木や固まった人間が動き出す様子はない。

相変わらず魔力反応は生きているようだが……とりあえず、解呪魔法でも試してみるべきだろうか。

だが、今のところ生きているものに余計な手を出して、死なせてしまったりしたらまずいよな……。

などと考えていると、声が聞こえた。

「まったく……ひどいことをするね」

魔物ではなく、人間の声だ。
しかも、この声には聞き覚えがある。

テアフの声だ。
どうやら彼は目を覚ましたらしい。
これは……煙がなくなったから、だんだんと固まった人々も元に戻るような感じだろうか。

「テアフ、大丈夫か？」

俺が声をかけると、テアフはきょとんとした顔になった。

何を言われているのか分からないといった様子だ。
まだ意識が混乱しているのだろうか。

「……テアフって、私のこと？」

「ああ。他にいないと思うが……記憶がないのか？」

「いや、記憶がないっていうか、なんて説明すればいいんだろう……そうか、この体はテアフっていう名前なんだね」

そう言ってテアフは、自分の体を見回す。
『この体』という言い方からすると……まるで他にも体があるみたいだな。
それか、誰かがテアフの体を乗っ取った……？

普段なら考えられない話だが、今の状況だと信じられなくもない。
なにしろ他の全員が動きを止めてしまった中で、テアフだけが動いているのだ。
ちょうど煙が消えたタイミングでこの現象が起こったあたりからしても……あの煙が、実際にはこのテアフもどきの復活を引き起こした可能性は考えられる。
だとすると……この『テアフらしき誰か』は、まだ信用できないな。
何しろ、あの『研究所』が引き起こした現象によって、彼の体は乗っ取られたのだ。
テアフの体の中身が、大量殺人犯やらマッド・サイエンティスト（科学者ではなく恐らく魔法使いなので、マッド・ウィザードとでも呼ぶべきかもしれない）やらだったとしても、全く不思議ではない。

「それ以上近づかないでくれ」

「……君に危害を加えるつもりはないんだけど……この状況じゃ、信用してもらえないのは仕方ないね」

そう言ってテアフは足を止めた。
とりあえず、急に飛びかかって来る様子はなさそうだな。

「お前はテアフじゃないのか？」

「うん。生きてた頃はレリオールって呼ばれてたけど……今の世界だと、知らない人が多いんじゃないかな？　私が死んだのは、ずいぶん昔のはずだからね」

そう言ってレリオールを名乗る者は、周囲を見回した。
この話が本当だとすれば、目の前にいる人物の中身はレリオールという名前で、一度死んでから生き返ったようだ。

しかし……レリオールという名前には心当たりがある。
数百年から千年以上前……バオルザードがいた時代にいた、賢者とテイマーの職業を併せ持っていた女性だ。
ドラゴンをテイムして、魔力の使いすぎで死んだという話だったが……本人だろうか？

「もしかして、賢者とテイマーの二つの職業を持ってたりするか？」

俺の言葉を聞いて、レリオールは驚いた顔をした。
それから、彼女は頷《うなず》いた。

まあ、体はテアフのものなので、『彼女』と呼んでいいのかは微妙なところだが……中身はレリオールなので、恐らく『彼女』と呼ぶのが正しいだろう。

彼女が話している内容が、本当だとすればだが。

「その話、まだ伝わってるんだね。……もしかして、世界は滅ばなかったの？」

「いや……多分、ほとんど滅んだと思うぞ」

「……そうだよね……魔法技術とかも失われてる感じだし、やっぱり滅んでるよね」

街灯を見ながら、レリオールはそう言って頷く。

彼女が周囲を見回していたのは、今の世界の技術レベルを確認していたのかもしれないな。

しかし今の会話で、テアフが演技をしているという線は消えたな。

レリオールがいた頃の世界が滅んだという情報は、今の世界ではほとんど知られていないはずだ。

その時代ではレリオールは有名だったようなので、同じ時代の別の誰かがレリオールを名乗っている可能性までは排除できないが……確かめる方法があるな。

「お前がレリオールだと確認したい。……スライムと話せるか？」

「うん。……『こんにちは。私の声が聞こえる？』」

『こんにちはー！』

『聞こえるよー！』

レリオールの言葉に、スライムたちが元気に返事をした。

どうやらレリオールが、テイマーとしてのスキルを持っているのは間違いなさそうだな。

「魔法も使えるか？」

「うん。……賢者じゃないと使えない魔法は魔力消費が大きいから、これでいいかな？」

そう言ってレリオールが、手に光を灯《とも》した。

どうやら、魔法が使えるのも間違いなさそうだな。

「賢者じゃないと使えない魔法って……例えば何だ？」

「『終焉《しゅうえん》の業火《ごうか》』とか『破空の神雷』とか……あと、このあたりには『絶界隔離の封殺陣』の痕跡もあるね。あれも賢者じゃないと使えない魔法だ。……君、あの魔法を使えるの？」

……もう解除した魔法なのに、痕跡が分かるのか。

どうやら、彼女がレリオールだということは一旦信じてもよさそうだな。

しかも、俺が使ったということまでバレているようだ。

「レリオールも、『絶界隔離の封殺陣』を使えるのか？」

「今の私が使えば、魔力切れで気絶することになるけど……それでもいいなら使えるね。でも、君は疲れた様子もない……君は人間をやめたの？」

「いや、人間をやめた覚えはないんだが……」

昔の時代の賢者だというから、魔法についての意見も同じような感じだと思ったのだが……いきなり人間をやめたのかと聞かれてしまった。

……昔の賢者は、あまりたくさんの魔法を使えなかったのだろうか。

それとも、魔力がマイナスになったときの反動が俺よりも重い……？

ふと気になってステータスを確認してみたが、レリオールのステータスは何も表示されなかった。

どうやら他の人間の体に誰かが入り込むなどといったイレギュラーな状況に、ステータス表示は対応していないようだ。

まあ、仕方がないだろう。

真竜相手などでもステータスはあまり役に立たなかったりするので、最近はあまり使っていないのだ。

ステータスを確認するのは基本的に、自分のＨＰがなくならないか確認するときだけだな。

「……今の世界では、『人間をやめた』って言い方はしないのかな……？　じゃあ言い方を変えよう。残り寿命はどのくらい？」

「病気にならなければ、平均寿命まで50年くらいはあると思うが……」

俺はこの世界の平均寿命を知らないが、日本の平均寿命までは60年くらいあるはずだ。

この世界の平均寿命がそれより10年少なくても、50年くらいはありそうだ。

「そんなに長いの⁉」

「……何年くらいだと思うんだ……？」

「うーん……長くて3カ月くらい？　私が人間をやめた時は、2カ月半がせいぜいって言われたな。今の体には儀式の効果を感じないから、今の私は人間だと思う」

儀式の効果……？

この話の感じだと『人間をやめた』っていうのは比喩表現とかではなさそうだな。

「人間をやめるには、儀式か何かがあるのか？」

「うん。人間の魔力とかにかかってるリミッターを外して、一時的に力を発揮できるようにする儀式なんだけど……そのまま放っておくと、あっという間に寿命を消費し尽くして死んじゃうんだ。……君がやったのも、そういう儀式じゃないの？」

「いや……俺は何の儀式もやってないんだが……」

「何の儀式もしてない人間が、『絶界隔離の封殺陣』を使って無事……⁉　そんなことあるの⁉」

どうやらレリオールは驚いているようだが……もしかしたら、俺が異世界から来たことに関係があるのかもしれないな。

もしかしたら日本人の体は、大量の魔力を扱うのに向いていたりするのかもしれない。

「ちなみに、初めて大魔法を使うようになって、どのくらい経《た》った？」

「ちゃんと数えてはいないが……半年は経ったんじゃないか？」

「それでまだ生きてるってことは、本当に人間をやめてない……？　いや、違う意味で人間をやめてるとは思うけど、儀式はしてない……？」

レリオールは混乱しているようだ。

どうやら同じ賢者でも、人によって色々と違うようだな。

というか、レリオールの時代の賢者は、もっと色々な人にサポートを受ける存在だったようだ。

俺の場合は、誰かが俺の力を上げるために儀式をするようなことはなかったからな。

まあ、必要になったらシュタイル司祭あたりが儀式の方法とかを教えてくれそうな気はしないでもないが……少なくとも、今のところ儀式などはやっていない。

などと考えていると、レリオールが空を見上げた。

同じ方向を見てみると……そこにはバオルザードがいた。

どうやら、到着したようだ。

「あのドラゴン……もしかして、バオルザード？」

「そういえば、知り合いなんだったな」

「うん。……まさか、バオルザードが生きてるとは思わなかったけどね」

そう話す俺たちの前に、バオルザードが着地する。

すると、レリオールがまっ先にバオルザードに話しかけた。

『バオルザード、まだ生きてたんだね。……それとも、私みたいに生き返らされた？』

レリオールの言葉を聞いて、バオルザードは驚いた顔をした。

そういえば、レリオールが生き返った話をしていなかったな……。

本人と話すので忙しくて、バオルザードへの連絡まで手が回らなかったのだ。

『この声は……レリオールか？』

バオルザードは、レリオールが名乗る前から正体を見抜いたようだ。

レリオールはテアフの体を借りているが、『魔物意思疎通』越しの会話だと、声は変わっていないのかもしれない。

『うん。私だよ。……世界は滅んだって聞いたけど、よく生き残ってたね』

『我だけなら何とかな。……それで、レリオールはなんで生き返ったのだ？　我がユージから聞いた時には、このあたりは黒い煙に包まれていたと言っていたが……』

『ああ、そうだった。実は……無理やり生き返らされたんだよ。ここにいる人たちの生命力を使ってね』

そう言ってレリオールが、周囲を見回す。

どうやら彼らが固まってしまったのは、それが原因だったようだ。

やはりレリオールの復活は、誰かが仕組んだことだったんだな。

直接的に復活の儀式を行ったのは『研究員』たちだったが……黒幕が他にいる可能性は高い。

そうでなければ、レリオールを生き返らせた奴《やつ》は、自分の命すら犠牲にして実験を行ったということになる。

もしかして、生き返らされた本人なら黒幕についても分かるのではないだろうか。

『誰《だれ》に生き返らされたのか分かるか？　それとも、生き返らせた奴《やつ》はもう死んだか？』

バオルザードにも聞こえるように、俺《おれ》は魔物の言葉を使って話すことにした。

他の人間などに盗み聞きされる心配もないので、一石二鳥だろう。

『うーん……そこまでは分からないけど、力の流れを制御している場所があるのは感じるね。多分、首謀者はまだ生きてると思う』

場所が分かるのか。

だとすれば……そこに行けば、ここの住民たちや王都王立学園の生徒たちも元に戻せるのだろうか。

しかし、それをすれば恐らく、レリオールはまた死ぬことになる。

レリオールは、ここにいる人々の力を吸い上げているからこそ、生き返っているわけだしな。

もしレリオールが蘇生を望んでいるとしたら……首謀者の場所を教えてはくれないはずだ。

ここから先の話は慎重にする必要があるな。

などと考えていると……レリオールがあたりを見回しているのに気付いた。

俺と目が合うと、レリオールは口を開いた。

『ええと……ユージっていう名前だよね？　ロープとか持ってない？』

『持ってるが……何に使うんだ？』

『もちろん、首を吊るんだよ。このままだと、まずいことになるからね』

……レリオールが蘇生を望んでいないことは分かったが、いきなり極端だな。

普通、生き返ってすぐに、首を吊るためのロープを探すような人間がいるか……？

俺は一瞬そう考えたが、よく考えてみると俺も、この世界に来てすぐに自殺用のロープを探したな。

もちろん、自殺しようと考えた理由は違っただろうが……やっていることは同じなので、やはり賢者同士似たところはあるのかもしれない。

『まずいことになるって……何が起こるんだ？』

『このままだと、私はここにいる人たちの生命力を全部吸い取って、全員死なせてしまう。……そしたら私は完全に生き返ることができるけど……そんな形で生き返ることなんて望んでないよ』

なるほど、蘇生のための生け贄《にえ》というわけか。

1人を蘇生させるために何万人もの命が必要とは……死者蘇生というのは、随分とコスパが悪いんだな。

まあ、死んだ人間を生き返らせるなどという暴挙が、簡単にできるわけもないのだが。

『ちなみに……レリオールが首を吊ったら、テアフはどうなるんだ？』

『同じ体を共有してるから、もちろん死ぬことになるね。彼には申し訳ないけど……私と一緒に犠牲になってもらおう。それで何万人もの人が助かる』

『いきなり物騒だな……』

割り切り方のスピードが凄《すさ》まじいな。
いきなりこんなトロッコ問題に遭遇するとは思わなかったが……レリオールは躊躇《ちゅうちょ》なく1人のほうを殺すことを選ぶタイプのようだ。

しかし、今のレリオールの判断には、少し疑問な点がある。
トロッコ問題というのは、ブレーキの壊れた列車が進む先に5人の人がいるとき、1人しか人のいないルートに列車が進むように線路を切り替えられるとしたら、切り替えるべきかどうかという問題だ。
哲学などでよく考えられる問題ではあるが……もちろんこれは思考実験なので、『列車を爆破《ばくは》して進行を止める』とか『線路に石を置いて脱線させる』などといった選択肢を選ぶことはできない。

だが、今の状況は違う。

トロッコ問題とは違って、テアフと住民たちが両方生き残れる可能性はまだ否定されていないのだ。

蘇生の儀式か何かを行っている場所を見つけ出し、首謀者を止めることができれば、レリオールに自殺させなくても問題は解決するかもしれない。

そして……別の意味でも、レリオールの自殺は困る。

レリオールがいなくなってしまったら、俺たちは今回の事件の首謀者への手がかりを失ってしまうのだ。

たとえレリオールの自殺で一時的に問題が解決しても、また同じ儀式をどこかで行われてしまえば、意味がないだろう。

だとすれば、たとえレリオールが蘇生を望んでいないとしても、一旦《いったん》生きて俺たちを手伝ってくれたほうがありがたいところだ。

それとも、すぐにレリオールが死ななければ手遅れになるということだろうか。

『このままの状況だと、住民たちはどのくらい持ちこたえられるんだ？』

『うーん……今の感じだと1カ月は大丈夫そうかな。不純物のおかげで、他の人から私に流れる力の流れが淀《よど》んでるみたいだ』

1カ月ももつのか。

だとしたら、急いでレリオールが死ぬ必要は全くなさそうだな。

……普通に人を縛って1カ月も放置したら、力を吸い取られるとか関係なく餓死してしまうと思うのだが……石のように固まっている状態だと、水や食料はいらないのかもしれないな。

それはそうとして、気になる言葉があった。

『……不純物？』

『君たちのことだよ、ユージ。……この力の流れは、中にいる全員が術式の犠牲になる前提で作られてるみたいだけど……中に何万もの数の動ける生き物がいるから、そこで流れがせき止められちゃうんだ。だから君が死んだら、私は大急ぎで首を吊らなきゃいけない』

『何万……ああ、スライムのことか』

俺はそう言って、肩に乗ったスライムを見る。

俺の肩に乗っているスライムは1匹に見えるが、実際には無数のスライムが合体して一つの姿を取ったものだ。

どうやらスライムたちのおかげで、今の状況はだいぶマシになっているみたいだな。

『しかし……俺やスライムたちは、どうして固まらないんだ？』

『多分、ユージの魔力が強すぎて、生半可な魔力密度じゃ干渉できないんだと思う。……スライムたちは、ユージとつながりがあるから大丈夫なんじゃないかな』

『なるほど、魔力か』

そういえば昔、ドライアドの森で呪《のろ》いの魔石に触った時も、魔力量のおかげでなんともなかったな。

俺の魔力は、呪いなどを相手にするときには随分と役に立ってくれるようだ。

まあ、今回のレリオール蘇生が、厳密に『呪い』と呼べる代物なのかは分からないが。

『とりあえず……俺が死なない限り、自殺を急ぐ必要はないんじゃないか？』

『確かにそうだね。……時間に余裕があるなら、今回の首謀者を倒しに行くこともできる』

『……場所は分かるんだよな？』

『正確な位置までは分からないけど、どっちの方角に行けばいいかは分かるよ。……あっちだ』

俺がレリオールが指した方を向くと……レリオールのいる場所から、『ドスッ』という鈍い音が聞こえた。

振り向くと、そこではレリオールが、剣を自分の左胸に突き立てていた。

テアフが使っていた剣だ。

自殺はやめるという話だったはずなのだが……それは一時的なポーズだったようだ。

レリオールは、あくまで自殺にこだわっているらしい。

だが、死なれては困る。

『パーフェクト・ヒール』

『対魔法結界』

俺が回復魔法を使おうとすると、レリオールはそれを結界魔法で防いだ。

回復魔法も魔法の一種ではあるので、対魔法結界で防げるようだ。

……自分にかけられる回復魔法を防ぎたいシーンなどほぼないと思うので、あまり役には立たない知識だが。

『やっぱり、こうするのが一番だ。……ぐふっ……』

さらにレリオールは胸から剣を抜き、血を吐いた。

あくまでも自殺を邪魔されたくないようだ。

剣を抜いたのは、出血を早めるためだろう。

『……この、体の……持ち主には、申し訳ない……しかし……術式が、止まっている……状況が、いつまで、続くか……分からない』

なるほど、それを恐れていたというわけか。

確かに、この状況がいつまでも続く保証はないが……ここまで躊躇なく自殺するとは、こいつ相当やばいな……。

……住民たちを犠牲にしないために自分が死ぬという志は立派だが、それにしてもこれは……。

どう言葉をかけるべきか考えていると、レリオールの傷がキラキラと光り始めた。

レリオールが生き返る直前に、この辺り一帯を覆《おお》っていたのと同じような光だ。

そして光が収まると……レリオールの傷は治っていた。

明らかに致命傷だったはずなのに、今は全くの無傷だ。

『……どうやら、死なせてはくれないらしいね』

『勝手に治されるってことか？』

『そうみたいだ。しかも、治すための力は犠牲者たちから補給される……つまり私が自殺しようとすると、彼らの寿命を縮めてしまうみたいだ。申し訳ないことをしたね』

なるほど、レリオールを無理やり生かしたい奴からしたら、都合のいい仕組みだな。

外からの横槍《よこやり》によってレリオールが殺されるのも防げるし、自殺も防げるというわけだ。

犠牲者たちが力を使い果たして全滅するまで、自殺を無限に繰り返せば蘇生は防げるかもしれないが……それでは本末転倒だしな。

『しかし、ずいぶん蘇生術式に詳しいんだな……レリオールは、蘇生の研究にも関《かか》わってたのか？』

『ううん。……多少は勉強したけど、全然専門じゃないよ。……なんていうか、感覚的に分かるんだよ。自分の体だからね』

……感覚か。

自分の体に流れ込んでくる力ともなると、その性質や出処《でどころ》も何となく分かるものなのかもしれないな。

『今度こそ本当に、首謀者のいる場所に案内してくれるか？』

これでもう、レリオールが他の選択肢を取る理由はなくなったはずだ。

もし彼女がこの提案を断るのなら、それこそ彼女が本当の意図を隠しているのではないかと疑う必要がある。

レリオールが本当に蘇生を止めるつもりだとしたら、首謀者の元に行って、術式を止めるしかないのだから。

『あんまり気が進まないけど……分かった。他に選択肢がないしね』

そう言ってレリオールは、先ほど指した方向に向かって歩き始めた。

どうやら力の流れてくる方向とやらは、俺の気を引くためについた嘘《うそ》ではなかったようだ。

『気が進まないのか？』

『これはもう、ただのカンなんだけど……なんとなく罠《わな》っぽい気がするんだ』

なるほど、罠か。

確かに可能性は高そうだな。

敵からすれば、一番狙《ねら》われやすい場所なのは間違いないし……必ずしも友好的とは限らない蘇生対象に、場所がバレることになるのだ。

そこに罠を仕掛けるのは当然と言っていいだろう。

問題は、どんな罠が仕掛けられているかだが……。

『一番面倒なのは、レリオールが操《あやつ》られる罠とかか。……その可能性はあるか？』

『可能性はあるけど、それはあんまり怖くないかな。ユージは非常識なまでの力を持っているみたいだから、私が操られても簡単に倒してくれるはずだ』

『非常識って……どのくらいの力が普通なんだ？』

非常識呼ばわりは微妙な気持ちになるが、昔の世界でどのくらいの力が普通だったのかを知るいい機会でもある。

真竜との戦いのヒントになるような文献を読むときに、そういった知識があったほうが読みやすいだろうしな。

『うーん、難しい質問だけど……『終焉《しゅうえん》の業火《ごうか》』を1発撃って気絶しないかどうか、くらいのラインが普通な気がする』

『なるほど……』

昔の俺は、終焉の業火を2発撃って気絶したことがある。

その頃の俺の半分といったところか。

だとすれば、昔の俺は常識的だったかも気になるところだな。

『例えば、『終焉の業火』を2発撃って気絶するくらいの人がいたとしたら……それは常識の範囲内か？』

『2発か……。それでも、かなり魔力が多いけど、ギリギリ常識的……』

『すまん、ちょっといいか？』

俺とレリオールが話していると、バオルザードが口を挟んだ。
なんだか申し訳なさそうな声だ。

『どうかしたか？』

『頼むから……頼むから、ユージとレリオールで常識の話をするのはやめてくれ。頭が痛くなってくる』

バオルザードは、真剣な表情でそう告げた。
どうやら、俺たちが常識の話をするのが、よほど嫌だったようだ。

『ダメなのか……？』

『私が知る限り、この世で一番常識から遠い人間と、二番めに遠い人間だ。ドラゴンのほうがまだ人間の常識に詳しいと思うぞ』

……俺が2番めってことか……。

まあ、バオルザードの知り合いには人間なんてほとんどいないだろうし、何人中の二番目なのかは分からないが。

ドラゴンと話す人間という時点でかなり珍しい存在のはずなので、バオルザードが『人間の常識』に対して、間違った認識をしている可能性もある。

などと考えていると、レリオールが口を開いた。

『あまりひどいことを言わないでほしいな。私は昔の世界では、常識的な人間だって評判だったはずだ！』

『そんな評判は、聞いたことがないが……』

『私が『私は常識的な人間だよね？』って聞いたら、みんな頷《うなず》いたよ』

『……諦《あきら》めただけだろう』

バオルザードはそう言って、力なく首を振った。

とりあえず、常識の話を続けるのはそろそろやめたほうがよさそうだな。

今大事なのは、あの煙を使ってレリオールを蘇生させた首謀者を探し出すことだ。

『レリオールの蘇生には、あの人たちの生命力が使われてるって言ってたが……具体的に、どんな魔法が使われてるかは分かるか？』

『うーん……私は今の世界に復活したばかりだから、蘇生の術式から伝わってくる魔力以上のことは分からないな。人間を蘇生できるとなると、私の時代に『神霊復活』って呼ばれてた儀式くらいしか思い浮かばないけど……あの術式は未完成だったはずだ』

『……完成はしてなかったのか？』

『うん。……もし、この術式がその完成形だったとしても、私がいた頃の世界では完成させられなかったと思う。１人を蘇生するために万単位の人間を生け贄に捧げるなんて術式を『完成』させることが許されるわけもないしね』

なるほど、そのあたりの倫理観は今の世界とあまり変わらないんだな。
もしそんな魔法が完成したら社会が色々と混乱しそうだし、研究するくらいならともかく、実際に完成させられるのは犯罪組織くらいだろう。
今回これをやったのも、間違いなく犯罪組織だしな。

『ちなみに聞いておきたいんだけど……今の世界では、こんな術式を作ることが許されるの？生け贄になった人たちは、同意してた？』

『いや、もちろんダメだ。……犯罪組織がこっそり準備をして、無理やり蘇生をした。もちろん、誰も同意はしていない』

『なるほど、生け贄に同意がいらないタイプの儀式術式か……。術式解析の結果はどんな感じ？』

術式解析……初めて聞く単語だな。
やはり、古代の魔法使いとの話は参考になることがたくさんありそうだ。

『術式解析ってなんだ？』

『……ユージなら、知らない術式でも、見るだけで解析できるよね？』

『いや、できないが……』

『隠しても無駄だよ。あの『絶界隔離の封殺陣』の痕跡は、私なんかよりはるかに上の魔法技術がなきゃ作れないくらい効率化されてた。ユージの魔法技術は、私よりずっと上のはず』

魔法技術……？
そう言われても、分からないものは分からない。
俺が使っている魔法は、効率的だったのか……？

などと考えたところで俺は、バオルザードが言っていたことを思い出した。

レリオールは当然のような顔で言っているが、彼女が言っている『常識』が本当に常識的なのかは分からない。

『バオルザード、その術式解析っていうのは本当に、一般的な技術なのか？』

『いや……全くもって一般的とはいえないな。というか、レリオール以外の人間がやっているのを見たことがない』

やっぱりそういうパターンか。

レリオールは古代の人間の中でも、特殊な存在だったみたいだしな。

だからこそ『研究所』も、無数にいるであろう古代人の中から、わざわざレリオールを蘇《よみがえ》らせたのかもしれない。

『でも、ユージの『絶界隔離の封殺陣』は明らかに異常だよ？　あれだけの規模の魔法を使ったのに、まったく体に反動が残ってないなんて……私とは比べ物にならないくらい、魔法に精通してなきゃできないはずだ』

『いや……反動ならあったぞ』

俺はあの魔法で、すでに魔力がマイナスになっている。

魔力がマイナスになった後も魔法は使えるが、代わりにＨＰが削れていくのだ。

『それは魔力の使いすぎで、体にダメージが入ってるだけでしょ？　余分な魔力とかが体を傷つけるような、魔法の反動とは違うね』

『……そんな反動、あるのか……？』

『普通の人ならあるよ。どのくらいの魔法から反動があるかは、その人の魔法技術にもよるけど……どんなに魔法の上手な人でも、『終焉の業火』以上の規模の魔法を使えば、結構な反動があると思う。……だから大魔法は、回復魔法とセットで使うことが多いんだよ』

そんな話、聞いたこともないな。

まあ、『終焉の業火』を使う人間を他に知らないので、当たり前なのだろうが。

とりあえず、これもバオルザードに確認を取ったほうがいいだろう。

『バオルザード、その魔法の反動っていうのは、一般的な話なのか？』

『もちろん一般的な話だが……逆に、今まで一度も反動を受けたことはないのか？　我はてっきり、ユージは攻撃魔法の直後に回復魔法を使って、ダメージがないふりをしているのだと思っていたのだが……』

『いや、回復魔法は使ってないぞ……』

1度だけ試してみたことがあるが、魔力切れによるダメージを回復魔法で相殺しようとするのは逆効果だった。

魔力がマイナスの状態でも、普通に攻撃などで受けた傷は治るのだが……魔力切れによって受けたダメージは、回復しないのだ。

恐らくあのＨＰ減少は、怪我《けが》などとは別物なのだろう。

逆に言えば、普通の魔法使いが大規模な魔法を使うと、普通の怪我などと同じような……回復魔法で治るようなダメージを負うということのようだ。
俺は一度もそれを経験したことがないのだが……。

などと考えたところで俺は、『超級戦闘術』のことを思い出した。
あのスキルは、なぜだかよく分からないまま、効率的に剣を振らせてくれる。
魔法の方もそんな感じで、スキルによる補助があるのかもしれない。

とはいえ、俺の魔法は『超級戦闘術』と違って、本を読んで習得したものだ。
もしかしたら、本のほうにそういう性質があるのかもしれない。

『俺は本を読んで魔法の使い方を勉強したから、使い方以外は分からないんだ。……術式解析はできない』

試しに、手持ちの魔法を確認してみたが……術式解析などという魔法はなかった。
恐らく術式解析とやらの習得には、剣術をイチから習うのと同じような感じの訓練が必要になるのだろう。

『使い方だけ……つまり魔法理論とかを一切《いっさい》勉強せずに、才能だけで魔法を使ってるってこと……？　そんな話、聞いたことないんだけど……』

『……そういうことになるか？』

『多分、そういうことだと思う……。じゃあ、術式解析も本があれば使えたりする？』

『分からないが、可能性はあるな』

もしかして、術式解析の本もあるのだろうか。
もし、見ただけで魔法の効果などが分かるようになるとしたら……それはすごく役に立ちそうだ。

『本があるのか？』

『ええと、私が昔書いた本があるけど……あの本、スライムたちに持ってもらってたんだよね……』

……なるほど、レリオールもスライム収納を使ってたんだな。
しかし今回の蘇生魔法はおそらく、レリオールの飼っていたスライムたちまでは復活させていない。

『ちょっと待ってね』

そう言ってレリオールは走りながら、白く固まった木の枝を折った。
そしてレリオールは、魔法を唱える。

『変形……念写！』

すると、木の枝が一瞬で本の形に変わった。
表紙には手書きで『術式解析』と書かれている。

『そ、その本を読ませるつもりか……？』

『……ダメな本なのか？』

『我がいた時代、世界で最も有名な本の一つだったな。……難しすぎて誰も理解できないという意味で有名だった』

その言葉を聞いて、レリオールは驚いた顔をした。

そして、レリオールが反論する。

『分かりやすく書いたのに！』

『レリオール基準での『分かりやすい』は、人類にとっての『何も分からない』だ』

……どうやら、あまり期待はできないようだな。

そう考えながら俺は、スライムに本を渡す。

スライムがページを開き、本を読み始めた（スライム本人は、何も理解していないようだが）。

すると……。

頭の中で、ピロリンという音が響いた。

『スキル　術式解析を習得しました』

『……読めたみたいだ』

『今の一瞬で⁉』

『まさか、本当に読めるとは……』

とりあえず、スキルとしては習得した。

問題は、実際にこれが使えるのかどうかだな。

『本当に理解したの？　今の一瞬で？』

レリオールも、俺《おれ》と同じ疑問を抱いたようだ。

そしてレリオールの手の周囲に、青い魔法陣が浮かぶ。

『これ、何しようとしてるか分かる？』

『試してみよう。……『術式解析』』

俺が術式解析を発動すると……黒い煙の中に、説明文が浮かんだ。

花粉症の呪《のろ》い

受けた者を重度の花粉症にする呪い。
賢者レリオールによるオリジナル魔法。

……地味にひどい魔法だな。
俺もスギ花粉にはひどい目にあわされているので、これを受けた者の気持ちがよく分かる。
もし俺が日本に帰ったら、うっかり『終焉《しゅうえん》の業火《ごうか》』でスギ林を焼き払ってしまうかもしれない。

『花粉症になる魔法だな。……非人道的な魔法だ』

『ほ、本当に解析してる……！　この魔法のこと、今まで誰《だれ》にも話してないのに！』

『……一体、何のために作ったんだ……？』

『法で裁けない悪と戦うためだよ。他にも『思ってることが口に出てしまう魔法』とか『ハゲる魔法』とか……色々作ったね』

……どうやらレリオールは、嫌がらせのプロフェッショナルでもあったようだ。

そんな魔法で戦わなければいけない悪がどのようなものなのかは気になるところだが……今はその話より大事なことがあるな。

『この『術式解析』って、以前に見た魔法にも使えるのか……？』

『それは……無理だと思う。少なくとも私の方法だと、見たときにしか解析できないね』

『となると、レリオールの蘇生魔法の情報はないままか……』

俺はそう言いながら、レリオール自身を解析してみる。
しかしレリオール自身には、いくつか防御魔法がかかっている以外、特に術式を見つけられなかった。
恐らく術式自体は別の場所にあって、レリオールはただの対象ということなのだろう。

『……そっちは推測するしかなさそうだね。どんな感じの儀式だったか分かれば、少しは情報が摑《つか》めるかも。……ユージ、儀式を見てたんだよね？』

『儀式自体はどうやったのか分からないが……連中の拠点の中から人工の真竜モドキが出てきたところからは見たぞ』

もしかしたら、あの前にどこかで別の儀式があったのかもしれない。
真竜を召喚する準備自体は、確認できていないからな。
俺が見てきた情報で、ヒントになるといいのだが。

『真竜？　……蘇生魔法と、真竜が関係あるの？』

『ああ。人工真竜が液体になって広がって、それから煙になって……その煙に触った人や物が固まったんだ』

『溶けて液体に……そういえば、神霊蘇生に必要になる膨大な力をまとめ上げるために、一時的に真竜の形を取らせるっていう案があった気がする。その方法を使ったのかもしれない』

なるほど、あれはそういう理由だったのか。

だとすれば、わざわざ敵が真竜を召喚した理由に納得がいくな。

『真竜が召喚された場所にいた連中は真竜を縛り付けようとして、失敗して全滅した。……その方法は、真竜の制御と関係があるのか？』

『うーん……結果的に私の蘇生っていう目的は達成されたわけだから、それは失敗じゃなくてわざとじゃないかな。そのレベルの儀式だったら、生け贄《にえ》は必要だろうしね』

『つまり、召喚した場所にいた奴《やつ》らは生け贄ってことか』

俺が立てていた予想は、大体合っていたみたいだな。

あそこでドラゴンを押さえつけようとしていた研究員たちは、生け贄だったというわけだ。

『それで、煙の話だけど……煙は光ってた？』

『ああ。煙が黒いうちは『絶界隔離の封殺陣』で防げたが、光り始めてからは何をしても無意味だった。……心当たりがあるのか？』

『……うん。似たようなものを見たことがある。私が見た煙は、最初から光ってたけど……やっぱり、ああいう術式か……』

レリオールの表情が、険しいものになる。

どうやら、生前のレリオールと因縁のある魔法のようだな。

ところで……一つ気になっていたことがある。

『現れた真竜は、俺が『破空の神雷』を使った直後に液体になったんだが……もしかして俺は、余計なことをしたのか？』

『『破空の神雷』は、その竜に効いたの？』

『ああ。翼を切り落としたぞ』

あの液体が広がり始めた直後から、気になっていたことだ。

実は俺が何もしていなかったら、結果は違ったものになっていたのではないかと。

だが……。

『私に流れ込んでる力がちょっと不安定な感じなのは、多分それが理由だね。術式が完成しきってないんだ』

『つまり……魔法を撃ち込んで、正解だったってことか？』

『うん。もし術式が完成しきってたら、最初から光る煙が放出されてたんじゃないかな。……私が生け贄にされた人たちの力を完全に吸い付くしてしまうまでの時間も、今よりずっと短かったと思う』

なるほど、あそこで魔法を撃ち込んだのは正解だったわけだな。
あれを放置していたら、それこそレリオールは大急ぎで首を吊る必要があったのだろうし。

『ところで、ちょっと気になったんだけど……その、真竜が召喚された場所で生け贄になった人って、何人くらいいたの？』

『……１００人前後ってとこだと思うぞ』

『少なすぎる気がする……この規模の術式を遂行するには、少なくとも数千人の生け贄が必要なはずだよ。……どこかで誰か、他の人が犠牲にされてない？』

他の人の犠牲か……。

少なくとも、あのあたりに他の魔力反応はなかった。

可能性があるとすれば……。

『今回の事件を起こした連中は、人間を材料に『試料』とかいうものを作っていた。……それって、生け贄の代わりに使えたりするか？』

『……試料なんてのは初めて聞いたけど、人間が材料になってるなら可能性はあるね……。そんな邪悪な連中に、私は蘇生されたのか……』

そう言ってレリオールが、テアフの剣を見つめる。

どうやら、自分を蘇生した連中の素性にショックを受けたようだ。

『試料』に関しては、レリオールも知らなかったらしい。

空気が重くなりかけたところで、俺はふと目の前に広がる景色が今までと変わったのに気付いた。

少し先に見える草原が、緑色だったのだ。

今まで移動してきた場所は、すべて例の煙によって白く固まっていた。

草原が緑色だということは……その範囲から出るということだ。

『レリオール、煙の影響範囲から出るみたいだが……目的地はまだ遠いのか？』

『私の感覚だと、まだ遠いと思う』

『……なるほど、黒幕は巻き込まれない位置にいたってことか』

どうやら真竜が現れた場所にいた連中が捨て駒だという推測は、正解だったようだ。

前に戦った研究所といい、この『研究所』が関係する施設は、味方を無理やり犠牲にすることが多いみたいだな。

自分から率先して犠牲になりにいく『救済《きゅうさい》の蒼月《そうげつ》』と比べて、どちらが厄介なのかは微妙なところだが……いずれにしろ、厄介な連中なのは間違いなさそうだ。

しかし、敵もさすがにバオルザードが来ることまでは想定していないかもしれない。

念のために、バオルザードを隠しておくか。

『バオルザード、一度離れて、どこか目立たないところで待っていてくれるか？』

『了解した。我は目立つからな。……通信はどうすればいい？』

『いつものスライムたちを連れていってくれ』

俺がそう告げると……スライムたちの一部が、慌てて分裂を始めた。

こういった別動隊みたいな任務は、なにかと美味《おい》しい食べ物にありつく機会が多いため、大人気なのだ。

『出番だ～！』

『戻るよ～！』

分裂したスライムたちは、元々バオルザードの元にいたスライムたちだ。

今は一時的に俺の肩に戻っていたが、別行動になるならバオルザードの元にいてもらおう。

『……む？　見かけないスライムが交ざっているみたいだが……』

スライムたちがバオルザードの背中に飛び乗ったところで、バオルザードが首をかしげた。
どうやら、美味しい別動隊に紛れ込もうとするスライムがいたようだ。
などと考えていると、バオルザードが言葉を続ける。

『右翼の上のスライムと、頭の棘《とげ》の上にいるスライム……彼らは初めて見るぞ』

『な……なんで分かるのー？』

紛れ込もうとしたスライムたちが、そう言って肩に戻ってきた。
どうやらバオルザードは、スライムの見分けがついているようだな。
ドラゴンとスライムの間にも、何やら人間関係のようなものがあるのかもしれない。

◇

バオルザードと離れてしばらく移動した後。

周囲の景色が荒野になったところで、レリオールが呟《つぶや》いた。
『私に流れ込む力の収束点が、近づいてる感じがする』
『気をつけたほうがよさそうだな。……どのくらい先だ？』
敵の拠点付近は、最も罠《わな》に対する警戒が必要な場所でもある。
いきなり自分たちで行くのは避けるべきだろう。
幸いなことに、俺たちにはスラバードがいる。
敵がいる地表に近づかなくても、偵察ができるのだ。
『うーん……10キロくらいかな』
『じゃあ、行く前に偵察しよう。……スラバード、頼んだ』
『分かった～！』

そう言ってスラバードは、10キロ先まで飛んだ。
しかし……そこには何も見当たらない。
周囲と何の違いもない、荒野が広がっているだけだ。

『何もないよ～！』

『……少し周囲を調べてみよう。地表に近づかないようにして、偵察を続けてくれ』

『分かった～！』

地上に罠が仕掛けられている可能性を考慮しつつ、スラバードに調査を続けてもらう。
しかし……しばらく探し回っても、何も見つからなかった。

『ただの荒野しかないみたいだ。……地上じゃなくて、地下にでも埋まってるのか？』

『そうかもしれない。……どうしよう？』

『不用意に近づくのはやめたほうがいい気がする。……『魔法転送』で穴を掘って、地下を探ってみるか？』

もしそこの地下に研究施設かなにかがあるとすれば、地上などはまさに罠だらけだろう。

特に……レリオールを近づけるのはやめたほうがいいはずだ。

なにしろ、レリオールは敵の儀式か何かによって蘇生された存在なのだ。

そのレリオールが、何の邪魔も受けずに俺を……『研究所』にとっては敵であるはずの俺を案内できたという事実が、すでに罠っぽい感じがする。

などと考えていると、声が聞こえた。

レリオールの言葉でも、魔物の言葉でもない……人間の言葉だ。

「できれば、もっと近づいてほしかったな。おかげで、来るのに時間がかかってしまった」

声が聞こえた方を見ると、そこには小さな金属製の箱が浮かんでいた。

どうやら、あの箱が喋《しゃべ》っているようだ。

箱はふわふわと、俺たちの方に向かって進んできている。

進んできた方向は……ちょうど俺たちの進行方向、つまりレリオールを蘇生させた力が収束している場所のある方向だ。

……どうやら俺たちの魔力反応か何かを察知して、これを送り込んできたようだ。

とりあえず、これでレリオールが言っていた方向が間違いではないことが分かったな。

などと考えていると……。


「火球」


レリオールが箱に向かって、炎魔法を打ち込んだ。

箱が魔法によって粉々に砕けると……中から黒い煙が出てきた。

これは……また呪いの煙だろうか。

などと考えたところで、俺は『術式解析』のことを思い出した。

『術式解析』

俺が『術式解析』を発動すると、小さなウィンドウが表示された。
やはりこういったものにも、『術式解析』は使えるようだ。

術式の残骸

魔法的に意味のある術式は見当たらないが、おそらく術式の残骸だと思われる。
強い炎系の魔力によって破壊された形跡がある。

強い炎系の魔力というのは、レリオールの火球のことだろう。
術式が残っていないということは、とりあえずあの煙は危険ではないと見ていいのかもしれない。

とはいえ、『術式解析』は最近習得したばかりの魔法なので、どこまで信用していいのかは微妙なところだ。

ここに来る途中、白く固まった木に対して『術式解析』を使ってみたが、何も表示されなかった。

つまり、魔法か何かによって影響を受けたものでも、『術式解析』で分からないものもあるということだ。


レリオールは煙に対して、何の反応もしない。

魔法に詳しいレリオールが、真っ先に攻撃を仕掛けたということは……あの箱は危険なものだったということだろうか。

もし箱が攻撃を仕掛けてくるのであれば、最初から声などかけずに、奇襲を仕掛けてきたような気もするのだが。


「今の箱、危険なものだったのか？」

「……分からない」

「さっきのあれ、何だったか分かるか？」

「分からない。とりあえず、敵が作ったものっぽいから燃やした」

……なんだか分からないから、とりあえず燃やすのか……。

俺はよく分からないものを見たら、少し様子を見てみるタイプだが……レリオールはまず攻撃を仕掛けるタイプなのかもしれない。

とりあえず、『研究所』が関係した品であることは間違いなさそうだし、とりあえず壊しておいた……といった感じか。

などと考えていると、先ほどと同じ声がまた聞こえた。

「悪いが、壊さないでもらえるかな？　あの箱を作るにも、それなりの量の『試料』が必要になるんだ」

今度の声は、地面から聞こえている。

しかし地面のどこかにスピーカーがあるというよりは……地面全体から響いているような感じだ。

試しに『術式解析』で調べてみると、地面に音響魔法がかかっていることが分かった。
音響魔法自体の源がどこにあるかまでは、『術式解析』でも分からないようだ。

「私はこの支部の所長の、マデラだ。……少し話さないかね？　その場で話してくれれば聞こえる」

どうやら、『研究所』の所長を名乗る人間……マデラとやらは俺《おれ》たちと話したいようだ。
本人の姿が見えれば、俺も魔法転送などで死角から攻撃を仕掛けたいところだが、残念ながら本人は見当たらない。
地下深くにでもいるのかもしれないが……さすがに、当てずっぽうで地下深くにいる敵を倒そうとしたら、魔力がいくらあっても足りないだろう。

敵と会話をすること自体は、俺にとっても悪くない選択肢だ。

油断して何か話してくれれば、情報を引き出せるしな。

とはいえ、それは安全が確保できていればの話だ。

敵の箱がここまで飛んできた以上、ここは敵の攻撃を受けてもおかしくない場所だということだ。

『レリオール、一旦《いったん》引き返そう。会話は敵の時間稼ぎかもしれない』

『そうだね』

俺はレリオールと魔物の言葉で会話を交わし、もと来た道を引き返し始めた。

魔物の言葉は、暗号通信代わりに使えるな。

「おや、どこに行くのかな？」

「少し用事を思い出したんだ」

俺は敵の言葉に、そう答える。

会話ができる範囲にいるうちは、敵と話すこと自体は悪くないだろう。

「せっかく研究所の近くに来たのだから、中を見ていかないかね？」

その言葉とともに……遠くのほうで爆発音《ばくはつおん》が聞こえた。

ちょうどレリオールが、敵の拠点があると目星をつけていた方角からだ。

上空のスラバードから『感覚共有』で見てみると……爆発があったあたりに、地下に続く階段が現れていた。

どうやら、隠し階段が埋まっていたらしい。

先ほどの爆発音は、入り口を隠していた岩か何かを爆破《ばくは》した音のようだ。

「今、君たちが来ようとしていた場所に、階段を開いた。入ってきてはくれないか？」

「入るわけないでしょ！」

「残念だ。実験を始める前に、現代の英雄と古代の英雄が同席する、世界一豪華なお茶会でもと思ったのだが……飲んでくれそうにはないな。せめて名前だけでも教えてくれないか？」

「……現代の英雄？」

古代の英雄というのは、レリオールのことで間違いないだろう。
しかし、だとすると彼は、俺のことを現代の英雄と呼んでいることになる。

「君のことに決まっているだろう、冒険者ユージよ。『救済《きゅうさい》の蒼月《そうげつ》』の目はごまかせても、私の目はごまかせない」

「何のことだ？」

「隠さなくてもいいぞ。君が巨大な黒い結界で一般住民たちを黒い煙から守ったところも、私は確認しているからな」

なるほど、あの結界は見られていたのか。

まあ、あれだけ派手に陽動作戦をやって住民を一カ所に集めたのだから、そこに監視をつけるのは自然なことだ。

そして、あの巨大な結界なら、たとえ街から数十キロ離れた場所からでも確認できたはずだ。

しかし……たとえ敵が俺を直接監視していたとしても、俺が結界を張ったところなど見ていないはずだ。

なにしろ俺は自分で魔法を発動せず、スライムに対する魔法転送で結界を使ったのだから。

というわけで、ここはとぼけてみよう。

「……あの結界は、お前らが用意したんじゃなかったのか？」

「していないな」

「じゃあ、他の誰《だれ》かが使ったか……例の煙の副作用だと思うぞ」

「知らないふりという意味では悪くない受け答えだ。あの結界が本当に君のものかは一旦保留するが……そもそも、あそこで生け贄《にえ》にならずにここまでたどり着けた時点で、君が英雄にふさわしい力を持っていることは間違いない。『生け贄の霧』による干渉を防ぐ方法など、我々自身ですら知らないのだから」

……あれは生け贄の霧というんだな。

俺もレリオールも、英雄ではなく賢者なのだが……恐らく、当時のちゃんとした情報などは、彼も知らないのだろう。

レリオールの名前も知らないようだしな。

とはいえ、俺とレリオールが特殊な力を持っているという点に関しては、彼の推測も当たっている。

しかし、この前戦った『研究所』は、俺について知らなかったはずだ。

もしや……敵は俺のことを知らないふりをして、俺に偽情報を摑《つか》ませていたのだろうか。

「俺が来ることも予想していたのか？」

「もちろん予想していたさ。……と言いたいところだが、いくつかの可能性の中の一つとして考えていただけだな。君が古代の英雄の蘇生に巻き込まれてくれたおかげで、とてもいいデータが手に入るよ」

「いいデータ？」

「ああ。これから一つ、実験に付き合ってもらいたい。……現代の賢者と古代の賢者が戦ったら、どうなるかの実験だ」

……いや、付き合う理由がないだろう。

確かにレリオールと俺の力がどう違うのかは気になるところだが、直接戦うというのは危険すぎる。

それに……もし試しに戦ってみるとしても、わざわざ敵が見ている場所で手の内を晒《さら》す理由がなさすぎる。

しかし、敵だってただ頼んだだけで俺たちが戦ってくれるとは思っていないはずだ。

こうして話を持ち出すということは、何か戦わせる手段があるのかもしれない。

一番ありそうなのは……連中が蘇生したレリオールに、遠隔操作か何かの魔法がかけられているという可能性だ。

そう考えて俺は、レリオールに再度『魔法解析』を使ってみる。

だが……。

術式一覧

オリジナル防御魔法（レリオール）

やはり今レリオールにかかっている魔法の中で解析可能なものは、本人の防御魔法だけのようだ。

蘇生魔法すら映っていないところを見ると、『術式解析』だけでレリオールの状態を全《すべ》て確認できるとは考えないほうがいいだろう。

そもそもテアフの体にレリオールが入っていること自体、普通ではないしな。

「勝者のデータを誰かに漏《も》らすことはないから、安心して戦ってくれ」

「悪いけど、私にとって戦う相手はユージじゃなくて君たちだよ。誰が生き返らせてほしいなんて頼んだの？」

「頼まれてはいないな。君は君が生き返りたいと望んだから生き返ったのではなく、私が生き返ってほしいと望んだから生き返ったのだ」

随分と勝手な話だ。

まあ、自殺すら強制的に回復されるようになっていたあたりを考えると、当然といえば当然なのだが。

「英雄ユージ、君のほうには戦う理由があるぞ。……もし戦いで君が勝ったら、私は研究所の内外に対して、君に関するできる限りの偽情報を流すつもりだ。『魔法的な測定の結果、冒険者ユージは確かに膨大な魔力を持つが、イビルドミナス島などで起こった異常現象を起こせるほどの力を持ってはいないことが分かった』とかな。……嘘《うそ》の中に、少しだけ本当の情報を交ぜるのが信憑性《しんぴょうせい》を高めるコツだ」

「何のためにそんなことをするの？　仲間じゃないの？」

マデラの言葉に反論したのはレリオールだった。

まあ、当然の疑問だな。

「価値の分からん奴《やつ》らに正しい情報を与えたところで、間違った使い方をするだけだろう？　あの愚かな連中には、適当にそれっぽい偽情報を掴ませておけばいい」

彼が言っていることが本当だとすれば、『研究所』には仲間意識と呼べるようなものは存在しないことになる。

末端の構成員が騙《だま》し討ちのような形で使い捨てられているのは何度か見たが……上層部同士ですら、ちゃんとした仲間意識はないのかもしれない。

まあ、『救済の蒼月』などに比べると、むしろずっと人間の組織らしいといえるかもしれない。

何か一つの目的に向かって全員が一丸となって動いている組織なんて、めったにあるものじゃないだろうしな。

「間違った使い方って……まるで、自分は間違ったことをしてないみたいな言い方ね」

「間違ってなどいないさ。私は英雄を生み出すために情報を使ったが、連中は英雄を殺すために情報を使う……例えば英雄ユージがイビルドミナス島を燃やした本人だと分かったら、連中はユージを殺そうとするだろう？　『研究所に仇《あだ》なす敵だ』とか、愚にもつかない妄言を理由にしてな」

「君は違うの？」

「違うさ。もし真に力を持つ英雄が研究所を滅ぼそうとするなら、おとなしく滅ぼされるべきだ。……正面から英雄と戦って倒すというのなら話は別だが、寝込みを襲って殺そうとするなど、人類に対する反逆だ」

……理屈がめちゃくちゃでよく分からないが、とにかく戦闘力が全てみたいな考えなのだろうか。

いずれにしろ、俺を殺そうとせずに、滅ぼされてくれるのであればそれは助かる。

そもそも、滅ぼされるような真似《まね》をしないでくれるのが一番いいのだが。

「じゃあ、おとなしく滅ぼされてよ。今から滅ぼしに行くから」

「悪いがそうはいかない。君たちのどちらが真に力を持つ英雄なのか、あるいは両方とも違うのか……それを確かめなければ、滅ぼされるわけにはいかないさ。失敗だと分かれば『次』を探す必要がある」

そんな会話を交わしながらも、俺たちは敵の拠点から離れるように走る。

すると、敵が引き止めてきた。

「悪いが、それ以上離れないでくれるか？　魔法計器の測定範囲から出てしまう」

「そう頼まれて、聞くと思う？」

そう言ってレリオールが、速度を上げた。

俺もそれに合わせて速度を上げる。

すると……地面から、残念そうな声が聞こえた。

「……では、仕方ないな。できれば自分の意思で戦ってほしかったのだが……」

その言葉とともに……周囲に赤い霧が充満した。

同時にレリオールの動きが、急に止まる。

「解呪・極！」

敵が何をしたのかはよく分からないが、とりあえず解呪してみた。

すると、解呪魔法が当たった場所だけは霧が消えたが……全方位から迫る霧を全て消すとなると、ほぼ不可能と言ってよさそうだ。

発生源を止めないことには、どうしようもなさそうだな。

俺自身も霧に包まれたような状態だが、どうやら蘇生の白い霧と同じく、俺には効果がないようだ。

とりあえず、覚えたばかりの魔法で調べてみるとするか。

『術式解析』

模造意思の呪い

人の意思を模擬的に再現した術式。
不完全な魂に注入することによって、意思の上書きが可能。

……意思の上書き……。
どうやらこれは、レリオールを操《あやつ》る魔法のようだな。
不完全な魂、つまり蘇生が完全ではない状態のレリオールは、これで操れるということなのだろう。

そう考えていると、地面から声が聞こえた。

「この霧は、蘇生が不完全な相手だけを操る魔法だ。ユージには何の影響もないから、気にせずに戦ってくれていいぞ」

どうやら本当のことを言っているようだ。

魔法をいちいち解説しながら戦ってくれる敵というのも珍しいな。

できればレリオールと戦うのではなく、地下にいる敵を直接叩《たた》きたいところだ。

しかし、今の一番警戒されているであろうタイミングで、あの分かりやすい入り口にスライムを潜り込ませるのは危険すぎる。

魔法転送や隠密魔法もバレている可能性がある以上、スライムを忍び込ませての遠隔攻撃には対策が採られていると考えたほうがいいだろう。

となれば、地上から魔法で地下まで撃ち抜くような手しかなくなるが……ここまで大規模な魔法を準備してくるような連中が、そんな浅い場所にいるとも思えない。

何より……レリオールが操られている状況で『研究所』を直接狙《ねら》おうとすれば、背後からレリオールに攻撃を受けることになるだろう。

「さて、さっそく戦闘といきたいところだが……ユージ、君は魔力を随分と消耗しているようだな」


どうやら敵は、俺の魔力も観察しているようだ。

俺から見えもしない場所から、ここまで手の内を見抜かれるとは……研究者というだけのことはあるな。

マデラはレリオールを蘇生しているので、賢者に関する研究が得意分野なのかもしれないが……それにしても、ただ殺したり燃やしたりするだけだった『救済の蒼月』などとは、厄介さの質が違う気がする。


そう考えていると、ふいに俺の体を温かい感覚が包んだ。

俺の周囲の煙が、白っぽくなっている。

レリオールを蘇生した時と少し似ているが……あの時は、温かい感覚などなかった。

「魔力を回復しておいたぞ」

その言葉を聞いて、俺はステータスを確認する。

職業：テイマー　賢者
スキル：テイミング　光魔法　闇《やみ》魔法　火魔法　水魔法　土魔法　雷魔法　風魔法　時空魔法　特殊魔法
大魔法　使役魔法　付与魔法　加工魔法　超級戦闘術　術式解析
属性：なし
ＨＰ　１７２５１／１７２５１
ＭＰ　１０６６０００／１０６６０００

……ＨＰとＭＰが全回復している。

死んだ人間すら蘇《よみがえ》らせることができるのだから、生きた人間のＨＰとＭＰを回復させるくらいは簡単なような気もするが……俺のＨＰとＭＰを完全回復できるということは、『終焉《しゅうえん》の業火《ごうか》』を何回も撃てるだけの魔力を生み出せているということだ。

一体どうやってそんな魔力を生み出したのか、気になるところだが……聞いてもロクなことはなさそうなのでやめておこう。

「これで互いに万全の状態というわけだ。正確なデータを取るためには、条件をちゃんと揃《そろ》えなくてはな」

「……無理やり操られて戦うのを、万全の状態と言えるのか？」

「私が用意した魔法はあくまで意思を注入するだけだ。『君を殺さなければいけない』という意思は宿るが、実際にどう戦うかは本人の判断になる。……つまり、英雄による本気の戦闘が見られるというわけだ」

あまり嬉《うれ》しくないニュースだな。
ただレリオールの力を使えるラジコンみたいな感じのほうが、まだ戦いやすそうだ。
そう考えていると、レリオールの声が聞こえた。

「ユージ、殺してくれ」

俺はその言葉を聞いて、レリオールを殺すことを決意した。

こういうのは大体、ためらったら手遅れになるパターンだ。

いずれにせよ、蘇生を阻止すればレリオールは死ぬことになる。

であれば、本人の意思に従って、被害を拡大する前に終わらせるのが慈悲というものだろう。


「……破空の神雷」

「破空の神雷！」


俺が魔法を唱えると同時に、レリオールも同じ魔法を唱えた。

……攻撃魔法に対して、同じ攻撃魔法をぶつけて防ぐというのは初めて見たが……そもそも『破空の神雷』を防がれたの自体、初めてな気がする。


などと考えていたが……レリオールの『破空の神雷』は、段々と俺の『破空の神雷』に押し切られ……レリオールがいた場所へと直撃した。

真竜すら傷つける膨大なエネルギーが爆発を生み、レリオールの姿は見えなくなった。

どうやら、防ぎきれなかったようだ。

やはり躊躇《ちゅうちょ》せずに攻撃を仕掛けて正解のようだな。

時間を与えたら、もっと経験を積んだ賢者らしい手か何かで戦われて苦戦した可能性もあったろうし。

などと考えていたのだが……炎の中から現れていたのは、無傷のレリオールだった。

「ふむ……すまない、死亡保護を外し忘れていた。しかし素の状態では、魔力消費も魔法強度も現代の賢者のほうが上のようだな……」

……どうやら自殺が無効化された時の魔法が残っていたようだ。

本人は『外し忘れていた』などと言っているが……わざとなのか忘れていただけなのかは怪しいところだな。

などと考えていると、周囲を覆《おお》っていた霧が紫色に変化した。

「死亡保護は切ったぞ。それと、古代の賢者には我々の魔法設備による強化を行った」

試しに『術式解析』を使ってみると、新たな魔法が一つ追加されていた。

いずれも名前は『呪い』になっているが、効果としては強化魔法みたいな感じだ。
解呪魔法で部分的には消すことができるのだろうが、霧状にして散布されているので、防ぐのは難しいだろう。

強化蘇生の呪い

死から蘇った者の魔法能力を、本人の限界を超えて強化する。
大規模な魔法の使用時には、魔法能力に損傷が生じる。

再生の呪い

専用の魔法材料を利用し、損傷および消耗を回復させる。
修復対象は現在、魔力および魔法能力のみに設定されている。

……どうやら『強化蘇生の呪い』でレリオールの力を強化し、反動は『再生の呪い』で相殺するということのようだ。

厄介なことに魔力まで回復されてしまうため、魔力切れも狙えない。

俺にも欲しくなるような強化だが……あれを使うには一度死んでから蘇る必要がある上に、『再生の呪い』に使う『専用の魔法材料』という言葉に嫌な予感がする。

なにしろ『研究所』は今まで、ろくなものを使っていないからな。

今だって何万人もの人間を生け贄に捧げて、死者蘇生の実験中なのだし。

こういった霧状の呪いへの対策がなにか欲しいところだが、分かっていても対策しにくい。

結界魔法で防げるのなら、色々とやりようがあるが……今回はそうもいかなそうだしな。

とはいえ、この魔法では俺たちまで操れないのは助かるところだ。

やはりこの魔法のほとんどは、蘇生されたレリオールに使うことを想定して準備されたものなのだろう。

……この技術力を、もっと平和な目的に生かしてくれればいいのだが……。

それはそうと、気になったことがある。

「条件を揃えるって話はどこにいったんだ……？」

「必要な素材さえ集められるなら、この力は再現可能な力だ。英雄が実戦で発揮できる力という意味では、古代の賢者は我々による強化ありとするのが妥当だろう」

「……そういう考え方も……」

俺はそう言いながら、魔法転送の準備をする。

不意打ちみたいな感じになってしまうが、正々堂々と戦う義理もないからな。

『魔法転送──破空の神雷』

俺は雷魔法適性9のスライムに、魔法を転送した。

攻撃範囲の狭い『破空の神雷』は避けられる可能性などもあるので、不意打ちなら『終焉の業火』を使いたい面もあったのだが……これを使った理由は、安全性だ。

通常の『終焉の業火』であれば自分に被害はない。

もしあの魔法が自分を巻き込むようなものだったら、この世界に来て初めて見たドラゴンに『終焉の業火』を撃った時点で、俺は死んでいただろう。

だが……炎魔法適性によって威力が上がってしまうと、そうとも言えなくなってくる。

おそらく、そもそも炎属性適性などによる強化がない前提で、自分を巻き込まないギリギリの威力を出すために作られた魔法なのだろう。

そのため少し威力を上げるだけで、自分を巻き込むような攻撃範囲になってしまうのだ。

上空にいるスラバードなどから撃てば安全は確保できるのだが……今スラバードには、敵の拠点の上で待機してもらっている。この戦いには参加させないつもりだ。

なにしろ、相手はもう魔物を持っていないとはいえ、賢者のテイマー……手の内を知られていてもおかしくない相手だからな。

隠密魔法をかけたスラバードであろうとも、存在にさえ気付ければ『終焉の業火』で簡単に焼き払われてしまうのだ。

「絶界隔離の封殺陣」

俺の魔法は、防御魔法に防がれた。
強化の影響があるのかは分からないが……そもそも『絶界隔離の封殺陣』が相手だと、『破空の神雷』は分が悪い気がする。

そもそも『絶界隔離の封殺陣』は、すり抜けられたことはあっても壊されたことはない魔法だ。
『終焉の業火』などを周囲に漏らさないために使った時も、壊れそうな様子すら見せずに耐え抜いてみせた。

『ケシスの短剣』を使って威力を集中させれば『絶界隔離の封殺陣』が相手でもなんとかなるかもしれないが……そこまで距離を詰めるのは自殺行為だろうな。
なにしろ『絶界隔離の封殺陣』の中からでも、攻撃魔法は使えるのだから。

などと考えていると、急に周囲の気温が下がったような気がした。
俺は嫌な予感がして、とっさに魔法を発動する。

『絶界隔離の封殺陣』


どうやら間に合ったようで、結界は無事に発動した。

だが……周囲はそうもいかなかったようだ。


『スラバード、無事だな』

『だいじょうぶ～！』


スラバードの視界から確認すると、周囲は完全に凍りついていた。

レリオールが結界の中から『永久凍土の呪詛《じゅそ》』を使ったのだろう。

『絶界隔離の封殺陣』に閉じこもったままだと周囲の状況が確認できないので、とにかく全方位攻撃を仕掛けたというわけだ。

スラバードの高度であれば『永久凍土の呪詛』が届かないのは、すでに確認済みだ。

できれば、今のに『研究所』ごと巻き込まれてくれていれば嬉しいのだが……あまり期待はできないだろう。

このあたりにはもう1人……いやもう1グループ、巻き込まれてほしくない相手がいる。

バオルザード、その背中に乗っているスライムたちだ。

そのバオルザードは……俺の結界の中にいた。

俺は『絶界隔離の封殺陣』を広範囲に展開して、バオルザードのいる場所まで囲っていたのだ。

今までに何度か使った経験から、『絶界隔離の封殺陣』の魔力消費は、大きさとさほど関係がないことは分かっていた。

小さく展開しても魔力を大量に食うことに変わりはないし、逆に広範囲を守ってもそこまで膨大な魔力は消費しない。

バオルザードは俺たちから数キロ離れた場所にいたが……そこまで範囲に入れても、消費した魔力は普段の1割増しといったところだ。

とはいえ、大きい『絶界隔離の封殺陣』を展開することにはデメリットもある。

小さめに結界を使っていれば『終焉の業火』を撃たれたとしても、その威力のほとんどは結界の周囲にある何もない空間を燃やすのに使われることになる。
しかし巨大な『絶界隔離の封殺陣』を展開してしまうと、敵が使った魔法の威力を、全て『絶界隔離の封殺陣』で吸収してしまうことになる。

まあ、逆に言えば結界内のどこにいるか分からないので、結界が壊れたときに『終焉の業火』が当たらない位置にいれば避けられるという面もあるのだが……長期戦になれば不利だ。
俺は魔力に限界があるにもかかわらず、レリオールはどんどん魔力を回復できるわけだしな。
『研究所』が魔力回復のための『材料』とやらをどれだけ持っているか分からない以上、それを使い果たさせるという作戦もリスクが大きすぎる。

というわけで、さっさと決着をつけにいこう。

『バオルザード、来てくれ』

『了解した！』

結界の中を飛んで、バオルザードが俺の元へとやってきた。

やはり隠れてもらっていて正解だったな。

『状況は理解しているか？』

『ああ。無理やり蘇らされたばかりか、その連中に操られるなど……死者の尊厳を冒瀆《ぼうとく》している』

バオルザードの言葉からは、強い怒りが伝わってくる。

生前の知り合いだけあって、レリオールを好き勝手に使われることには嫌悪感が強いのだろう。

『ユージ、もう一度レリオールを眠りにつかせられるか？』

『ああ。……そのために協力してほしい』

実はバオルザードがいた場所は、『永久凍土の呪詛』の効果範囲から外れていた。

にもかかわらずバオルザードを結界の中に入れたのは、バオルザードが作戦に必要だったからだ。

『もちろんだ。何をすればいい？』

『俺とスライムを乗せて、高く飛んでくれ。後は俺たちで何とかする』

『……どのくらい高く飛べばいい？』

『とりあえず、結界の上ギリギリまで飛んで待機……結界が壊れたら、俺がいいと言うまで全力で上に飛ぶんだ』

『了解した！』

そう言ってバオルザードが飛び始めた頃……レリオールが、『終焉の業火』を俺の結界に撃ち始めた。

どうやら外にテイムした魔物がいなくても、俺の結界がどこにあるか分かるようだ。

まあ、『絶界隔離の封殺陣』の魔力反応は巨大なので、魔力などで分かるのだろう。

もし普通に正面から戦おうとしていたら、お互い『絶界隔離の封殺陣』に閉じこもって結界を壊し合うような戦いになっていただろうな。

だが……今回は、そうはならない。

『スラバード、高度を上げられるだけ上げたあと、できるだけ遠くに逃げてくれ』

『分かった～！』

そう言ってスラバードは、遠くへと逃げ出した。

俺がその様子を見ている間に、バオルザードは結界の一番上へと到着する。

俺がやろうとしていることはもちろん、炎魔法適性16のスライムによる爆撃だ。

以前にイビルドミナス島でやった時には、限界高度を飛ぶスラバードを結界魔法で守って撃ったが……今回は乗っているのがドラゴンなので、高度には余裕があるだろう。

敵が人里離れた荒野に拠点を作ってくれたことに感謝しなければいけないな。

もし近くに人の住んでいる場所があったら、あんな広範囲に被害を及ぼす魔法は使えなかった。

その場合、『極滅の業火』を使うことになったが、やはり『終焉の業火』が使えるに越したことはないからな。

一応、『破空の神雷』という選択肢もあるのだが……スライムの雷魔法適性は最高でも8なので、炎属性に比べると見劣りする。

魔法単体での威力という意味では『破空の神雷』のほうが優秀ではあるものの、周囲への被害を度外視で撃つのなら、やはり炎魔法なのだ。

『さて……一番上まで来たが、どうする？』

『結界は壊されるのを待とうと思う。少しでも相手の力を使わせておきたい』

『了解した』

俺たちはそう言葉を交わして、『絶界隔離の大結界』が壊れるのを待つ。

スラバードはすでに遠くに逃してしまったので、もう俺たちの場所から外の状況を確認する手段はない。

しかし、時折結界から何かを叩《たた》くような音は伝わってくる。
おそらく『終焉の業火』などといったレリオールの魔法が、結界にぶつかる音だろう。
そして数分後……突如『絶界隔離の大結界』が崩壊し、青空が見えた。

『今だ！』

『了解した！』

そう言ってバオルザードが、ぐんぐん高度を上げていく。
そんな中、レリオールのいる場所が光るのが見えた。
見覚えのある光──『破空の神雷』だ。

『絶界隔離の大結界！』

俺は再度結界魔法を発動し、魔法を防いだ。
この結界がもつ間に、バオルザードは十分な高度を稼げるだろう。

今までに使った魔法は『絶界隔離の大結界』を2回と『終焉の業火』1回、そして『破空の神雷』1回だ。
先ほど全回復した魔力はすでにマイナスになっているが、まだ魔法は撃てる。

そしてバオルザードは、スラバードの限界高度近くまで到達した。
イビルドミナス島であの魔法を使っても、余波に耐えられた高度だ。
バオルザードは今も高度を上げ続けているが……そろそろ魔法は撃てるな。

『魔法転送――終焉の業火』

俺が炎魔法適性16のスライムに魔法を転送すると、下の景色が青白く染まった。
あまりの眩《まぶ》しさに、俺は目を閉じそうになる。

『対物理結界』
『断熱結界』

余波を防ぐために、俺は次々に結界を展開していく。

以前に同じ魔法を使った時には、スラバードを囲うように結界を使っていたが……バオルザードは今も高速で飛び続けているので、同じことはできない。


このまま余波を振り切れるような気もするが……なんだか呼吸が苦しくなってきた。

どうやら、高度を上げすぎて空気が薄くなっているようだ。

まだ気絶するほどではないが……このまま高度を上げていくと、危ないかもしれないな。


『凄《すさ》まじい炎だな……！　これほどの魔法は初めて見た！』

『ああ。……そろそろ止まってくれ。結界の中に閉じこもろう』

『了解した！』

そう言ってバオルザードが、急激に速度を落とす。

俺は周囲に結界を展開し、余波が来るのを待った。


『対物理結界』

『断熱結界』


それから少し後……結界が鈍い音を立てた。

どうやら、魔法が起こした爆発の衝撃波が届いたようだ。


スラバードに魔法転送して『終焉の業火』を撃った時と比べるとだいぶ高い位置にいるため、ここでなら余波は大したことがないようだ。

炎は今も赤く地上を燃やしているが……大して燃えるものがあるような場所でもないので、すぐに消えるだろう。

レリオールを守っていた『絶界隔離の大結界』は、跡形も見当たらない。


この高度からだと、例の黒い煙によって白く固まった場所と、そうでない場所の境目がくっきり見える。

まるで線でも引いたように、緑の草原と白い草原が区切られているのだ。


だが……その白い草原が、だんだんと緑を取り戻していた。

レリオールを蘇生させていた魔法が、効果を失ったということなのだろう。

『これは……レリオールは還《かえ》れたということなのか』

『そうだな。……問題は、地下に隠れている連中か……』

『これだけの炎なのだから、地下施設ごと焼き尽くせたのではないか?』

バオルザードが周囲を見回しながら、そう呟《つぶや》く。

このあたりの荒野には燃えるものなどないため、炎はすでに収まっていた。

しかし地面には魔法の熱が残っているらしく、ところどころ赤熱していた。

場所によっては、溶岩のようになっていたりもする。

これで全《すべ》て終わってくれているとありがたいのだが……残念ながら、その確率は高くないだろう。

『敵がそれなりに深い場所にいたら、地下施設は無傷だろうな』

『……見渡す限り一面が燃えているのに、地下に多少潜った程度で防げるものなのか？』

『地下っていうのは、爆発《ばくはつ》や炎に強いんだ。ほんの10メートルでも潜れば、もう多少の爆発は全く届かなくなる』

地球にあった地下核シェルターですら、ほとんどは地上まで数メートルもないような位置に作られていたはずだ。

爆発ではなく炎がメインの『終焉《しゅうえん》の業火《ごうか》』は、おそらく地下に対する貫通力だと核ミサイルに劣る。

熱という意味では、この魔法は下手をすれば核ミサイル以上だが……それでも地下深くにいる敵を蒸し焼きにできるほどかというと、かなり怪しいところだ。

敵がよほど浅い場所にでもいない限り、敵は無事だと考えられるだろう。

『……そういうものなのか。さすが詳しいな』

『詳しいわけじゃないが……どこかの本で読んだんだ』

まあ俺《おれ》が読んだのは魔法についての本ではなく、核シェルターについてのネット記事か何かだった気がするが。

などと考えているうちに、バオルザードが高度を落とし始めた。

そろそろ息が苦しい頃だったので、ありがたいところだ。

『少し暑いな……。地上には近づかないほうがいいか？』

『できれば、そうしたいところだが……逃げられる前に決着をつけたい。なんとか降りられないか？』

『分かった。少しずつ高度を落としてみよう』

そう言ってバオルザードが高度を落とすと……だんだんと周囲の温度が上がっていく。

もう溶岩のような場所は見当たらないが、地面にはまだまだ熱が残っているようだな。

『このまま近づくのは危ないかもしれないな。……少し試してみよう』

俺はそう言って、ポケットに入っていたドクマモノスイセンを取り出す。
食料集めの時に間違って採ってしまったものが、まだポケットに入っていた。

これを落として様子を見てみようというわけだ。
地面に落ちたあとで炒めもののや炭のようになってしまったら、まだまだ地上は危険だと見るべきだろう。

「さて……どうなるかな」

俺はそう言って、ドクマモノスイセンを落とす。
すると……落ちていく途中でドクマモノスイセンの葉は急激にしおれ、そのまま空中で燃え上がった。

そして地面につく頃には、ドクマモノスイセンは真っ黒な炭のようになってしまっていた。

これは……俺があそこに行けば焼け死んでしまうし、スライムなら蒸発してしまうだろう。


地上に降りる前に、どうにかして冷ます必要がありそうだな。

最終手段は『永久凍土の呪詛《じゅそ》』だが、今の魔力であれを撃つと、いざというときに他の大規模魔法が使えるかどうか微妙なところだ。

とりあえず、通常の魔法で何とかすることを考えたほうがいいだろう。


「魔法転送――放水」


試しに水属性適性を持つスライムに、放水魔法を転送してみた。

普通の地面であれば、あっという間に水浸しになって、洪水を起こしかねない量の水だ。

だが……その水は地上に届かないうちに、全て蒸発してしまった。

焼け石に水という言葉がピッタリだが……焼け石に水どころか、焼け石のところまで到達すらできていない。

一応、水が蒸発しているということは、気化熱によって空気の温度を下げられているということではある。

ずっと放水を続けていれば、いつかは水が蒸発しない程度の温度になるだろう。

しかし……この方法だと水が広範囲に散らばってしまう。

とりあえずは俺たちとバオルザードが降りるスペースさえ確保できればいいので、もうちょっと狭い範囲を効率的に冷やしたいところだ。

幸い、方法は思いついた。


「対物理結界」


俺はまず、四角い対物理結界を展開した。

一辺の長さは、数十メートルだ。

俺たちのサイズを考えると、冷やす範囲はもうちょっと狭くてもいいのだが……あまりギリギリになってしまうと、風が吹いたときとかに危ないからな。


『全員分裂して、結界の上に乗ってくれ』

『『分かったー！』』

そう言ってスライムたちが、結界の上に所狭しと並ぶ。
俺はその様子を確認して、魔法を発動した。

『魔法転送——放水』

俺が転送した放水魔法は、結界の中に水を満たしていく。
無数のスライムたちに並行して転送しているため、ものすごい量の水が生まれているが……魔法自体はただの『放水』なので、魔力消費はほとんどあってないようなものだ。
そして数分経《た》って、結界内部が完全に水でいっぱいになったところで、俺は次の魔法を使った。

「対物理結界」

「断熱結界」

俺は中の水が凍ったのを確認してから、今度は氷の入った結界から地面の間を四角く囲うように結界魔法を発動した。


この結界の目的は、風よけだ。

せっかく空気を冷やしても、風などで周囲の熱風が入ってきては台無しだからな。

ただの空気ですらドクマモノスイセンを自然発火させるほどの威力があるのだから、風よけは必要だろう。


などと考えつつ俺は、氷を閉じ込めていた結界を解除する。

すると、巨大な氷の固まりが、地面に向かって落ちていった。


氷はだんだんと溶けながらも落ちていき、地面に当たって砕けた。

地面についた氷は溶けていくが……数十メートルもの厚みがある氷だけあって、わずかに溶け残った。

周囲の地面は濡《ぬ》れたままなので、少なくとも100度よりは低い温度に保たれているだろう。


『降りてくれ！』

『了解した！』

そう言ってバオルザードが、急速に降下していく。
氷のおかげで空気もそれなりに冷えたらしく、地上に近づいても熱くなることはなかった。
そのまま俺たちは地面へと降り立つ。

『魔法転送——放水』

俺は結界の外側に向かって、水をまきはじめた。
結界の周囲もそれなりに冷やしておけば、何かあったときにも安全が確保できるだろう。

『さて……これからどうするのだ？』

『地下まで穴を掘って、攻撃を仕掛けるしかないだろうな。……入り口から入るのは、さすがに危なそうだ』

以前の戦いでは入り口や通気孔からスライムたちを侵入させたが、あれは敵に警戒していない状況だからできることだ。
今ほど研究所の警備網が厳しいタイミングは他にないくらいだろうし、入り口や通気孔からの侵入は自殺行為だと考えるべきだろう。

その点、自分で掘った穴であれば罠《わな》が仕掛けられていることもないはずなので、比較的安全に内部まで入れる。
研究所の壁に穴でも開けられれば、あとはそこから『極滅の業火』でも打ち込めば一網打尽にできるだろう。

そう考えつつ俺は、魔法を起動する。

「魔法掘削」

この魔法は、王都王立学園の図書室で見つけた魔法だ。
速度はそんなに速くないようだが、穴を掘ることができる。
禁書庫じゃない普通の図書室にも、それなりに役に立つ魔法があるようだ。

魔法を起動したゆっくりと深くなっている穴を見ていると、地面から声が聞こえた。

「素晴らしい……全くもって素晴らしいよ、現代の英雄ユージ。まさかイビルドミナスを滅ぼした炎を、こんな場所で観測できるとは思わなかった。……おかげで、偽データがだいぶそれっぽくなった」

……やはり研究所は無事だったようだな。

地面の浅い場所にあってくれれば、『終焉の業火』で巻き込めたのだが……そんな浅い場所にはなかったようだ。

それはそうとして、気になることを言っているな。

「……偽データ？」

「ああ。先ほどの魔法は、蘇生を拒否した古代の英雄が、呪《のろ》いの暴走現象と引き起こしたことにしたよ。……まあ、この嘘《うそ》は簡単にバレるだろうが、嘘の証拠を集めていくと『爆発の原因は、私の失敗にあった』という結論に至るように仕組んである。上層部は、間抜けな研究員が自分のヘマを隠すために古代の賢者の暴走をでっち上げたと思うことだろう」

……なんだか難しい話だが、要するに俺がこの魔法を使ったことを隠してくれるということだろうか。

この話が本当だとすれば、イビルドミナス島の話も研究所による自滅だというデマが流れることになるかもしれない。

俺にとっては非常に都合のいい話だが……話がうますぎる。

彼がそんなことをする理由はなんだろうか。

命乞いのつもりか……？

まあ、おとなしく捕まってくれる保証があるのなら、縛って衛兵などに突き出してもいいのだが……得体の知れない魔法などで逃げられる可能性を考えると、そうもいかないだろう。

せいぜい使う魔法が『極滅の業火』から『範囲凍結・中』に変わる程度だ。

「……なんでそんなことをするんだ？　悪いが、お前たちを見逃すわけにはいかないぞ」

「見逃してもらうつもりなどないさ。私はここで死ぬつもりだ。……しかし、お前『たち』という表現は正確ではないな。ここにいる者はもう、私だけだ」

「他の奴《やつ》はどこに行った？」

「余計なことをされては困るから、研究所ごと焼いた。……データの捏造《ねつぞう》を知る者は、少なければ少ないほどいい」

焼いた……？

まさか、自分の研究所を中の人間ごと燃やしたということか？

さすがに本当にそんなことをやるとは思えないが……実は隠し通路か何かがあって、そこから逃げた可能性もあるな。

「何を驚いている？　私が連中を殺したのが、そんなに驚きか？」

「ああ。仲間じゃなかったのか？」

どうやら敵は、俺の沈黙を驚きによるものだと考えたらしい。

実際には、ただ敵が逃げた可能性を考えていただけなのだが。

とはいえ……『研究所』の内部事情は、少し気になるところだ。

今回、俺はたまたま『研究所』の人間と戦うことになったが……ここが敵の本部でないとしたら、今後も『研究所』とは戦うことになるからな。

「仲間？　あそこの連中は人の命などなんとも思っていないクズどもだぞ？　放っておいても、どうせ盗賊として国に殺される連中だ。あんなのを仲間だと思う連中がどこにいる？」

「……まるで自分は違うみたいな言い方だな」

「違うさ。私は手段を選ばないだけで、ちゃんと人類のことを考えて行動している。意味も考えず人を殺すだけの奴らと一緒にしてほしくはないね」

手段を選ばないにしろ、選ばなすぎではないだろうか。

というか、レリオールの蘇生は『人類のことを考えた行動』なのか……？

とりあえず、この話が他の仲間を逃がすための偽装工作である可能性は考えたほうがよさそうだな。

下手をすると本人も逃亡中で、今俺が話しているのは遠隔通信や録音だという可能性すら存在する。

『スラバード、プラウド・ウルフ、エンシェント・ライノ。どこかに逃げた奴がいないか確認してくれ』

『了解した！』

『分かった～！』

『了解ッス！』

返ってきた返事を聞いて、俺は違和感を覚えた。

少しの間聞いていなかった声が、二つある。

エンシェント・ライノと、プラウド・ウルフだ。

……そのうち、エンシェント・ライノのほうは事情が分かっている。

彼はスライムと共に煙の被害範囲から脱出し、それから俺たちとは合流していなかった。

しばらく声を聞いていなかったことに、違和感はないだろう。

だが……プラウド・ウルフは俺たちと一緒に、ルポリスの街にいたはずだ。

にも関《かか》わらず、レリオールと合流してから、まったくプラウド・ウルフの声を聞いた覚えがない。

プラウド・ウルフを呼ぶような場面は、なかったといえばなかったが……ここまで完璧《かんぺき》に気配を消す方法があるのだろうか。

『プラウド・ウルフ、今までどこにいたんだ？』

『バオルザードさんの翼の裏ッス！』

『……そうか』

どうやらバオルザードの元に潜り込んでいたのは、スライムだけではなかったようだ。
動物特有のカンみたいなもので、危険な戦いになるのが分かっていたのかもしれない。

『我も、残党探しに行ったほうがいいか？』

バオルザードか。
いざというときに脱出の手段になるので、できれば近くに置いておきたい気もするが……今はまだ『絶界隔離の封殺陣』を使えるくらいの魔力が残っているので、敵に逃げられないことを優先したほうがよさそうだ。

『頼んだ』

『了解した！』

そう言ってバオルザードが、遠くへと飛んでいく。
普段のスライムたちも一緒だ。

とりあえずこれで、逃げた敵がいないかどうかの確認はできるだろう。
先ほどの戦闘から今までの時間では、逃げられる範囲もたかが知れているだろうしな。
敵が嘘をついているのか、本当に仲間ごと研究所を焼き払ったのかは分からないが……いずれにせよ、自分で確認をしておくのは大切だ。

「さて……質問があれば答えるぞ。できれば生きて君のサポートをしたいところだが、それは許されそうにないからな」

……やはり遠回しな命乞いのつもりだろうか？
とりあえず、質問に答えてくれるというのなら、聞きたいことは聞いておこう。
それが本当かどうかは後で確かめればいいし、手がかりくらいにはなるかもしれない。

「どうしてこんな真似《まね》をしたんだ？」

「世界はこのままでは、真なる竜によって滅ぼされる。……そうなる前に対抗手段を用意しようというのは、当然の発想だろう？」

「……真竜か」

彼は賢者のことは知らないが、真竜のことは知っているようだな。
まあ、真竜のことは『救済《きゅうさい》の蒼月《そうげつ》』も知っていたし、神話にも登場している。
賢者と比べると情報が多いということなのだろう。

「その目的が本当だとすれば、犯罪組織じゃなくて、別の場所でやればよかったんじゃないか？」

「他の場所では不可能だ。ギルドも教会も国も、覚悟が全く足りないと言わざるを得ない」

「覚悟？」

俺はそう尋ね返しながらも、穴掘りを続けている。
この掘削魔法は決して速くはないが……時間をかければ、地下にたどり着けるだろう。
敵が開いた階段が残っていれば、近道になったかもしれないが……やはり罠が残っている可能性のある道を使うわけにはいかないからな。

「たった数万人や数十万人の犠牲と、世界の残り全てを天秤にかけて世界を選べないような腑抜《ふぬ》けどもでは話にならん……先ほどまでは、そう思っていた」

「……今はそう思ってないみたいな言い方だな」

「ああ。喜ばしいことに、私は間違っていたようだ。教会系の力は、私の予想をはるかに超えていた。まあ教会自身は、君を呼び出したのが自分たちであることに気付いていない可能性が高いがね」

教会が俺を呼び出した……?

初めて聞く話だな。シュタイル司祭からも聞いたことがない。

まあ、教会自身が気付いていないとすれば、当然の話でもあるのだが。

「ああ、君も知らなかったのか。おそらく君が呼ばれたのは、神話にある『神霊召喚』という儀式だよ。教会は自分たちが失敗したと思いこんでいるようだが……冒険者ユージがこの世界に現れたタイミングと、『神霊召喚』の完成時期はほぼ完全に一致する。君ほどの冒険者がそれまで目立たずに埋《うず》もれていたとも考えにくいし、君はその時まで、この世界に存在しなかったと考えるべきだろう」

「……その儀式について、詳しく知っているのか？」

「いや、詳しくは知らないな。……本来の『神霊召喚』は、魂の世界から神霊を呼ぶ儀式のはずだが……おそらく、何か違うものを呼び出してしまったのだろうな。対象が違うから座標もずれて、教会は君の出現を見落とした……という推測くらいはできるが、他には何も分からない」

……魂の世界か。

俺がいた場所は魂の世界とやらではなく、日本だ。

もしかしたら、神霊召喚とやらがバグって、日本にいる俺を呼び出してしまったのかもしれない。

呼び出すのであれば、もっと平和な世界にしてほしかったものだ。

だが正直なところ……ブラック企業よりはこっちの世界のほうがマシな気もする。

ブラック企業にいる時に現れる敵と違って、この世界に現れる敵は『終焉の業火』で燃やすことができる。

日本でも同じことをしたい気持ちになったことはあるが、もし実行に移したら刑務所送りだ。

そして仲間のスライムたちは、同僚たちと違って、ある日突然いなくなったりはしない。

自分のミスの責任を俺に押し付けてどこかに逃げることもない。

まあプラウド・ウルフだけはたまに逃げるが……本当に逃げられると困る場面で、プラウド・ウルフが逃げたことはないしな。

そう考えると俺は、教会に感謝しないといけないのかもしれない。

まあ、下手をすれば最初のドラゴンに殺されていた可能性すらあるので、あまり感謝する気は起きないのだが。

などと考えていると、地面が砂嵐《すなあらし》のような雑音を発し始めた。

音の出方からすると……マデラが俺と話すのに使っている魔法が、故障でもしているのだろうか。

「……すまない。現代の英雄ともう少し話していたかったが、そろそろお別れのようだ。」

「それは、どういう……」

「本部にたどり着きたければ、エトワスの魔法書を読むといい。個人的にはおすすめしないがね。……まあ、君なら上層部と違って、『呑《の》まれる』ことはないだろうが……」

その言葉を最後に雑音は止《や》み……マデラの声も聞こえなくなった。

どうやら、通信が切れたようだ。

エトワスの魔法書……俺が王都王立学園に入る理由となった本だ。

やはり研究所の敵と同じことを言っているあたり、それなりに信用できそうだな。

彼の言い方からすると、上層部はその本に『呑まれた』ということのようだ。

その結果として、このような犯罪組織ができたとすれば……確かに、あまりいい本ではなさそうだな。

もしかしたら、精神に関わるような呪いでもかかっている本なのかもしれない。

などと考えつつ俺は、地下に続く穴を掘り続けた。

それから30分ほど後。
俺《おれ》の掘削魔法が地下施設を掘り当てたが、中は完全に焼け落ちていた。
問題は、隠し出口などがなかったかどうかだが……。

『なんにもないよー！』

『出口とか、なさそうー！』

どうやらスライムたちが人海戦術で探しても、隠し出口の類いは見つからなかった。
敵だったと思《おぼ》しき黒焦《くろこ》げの塊も、かなりの数が見つかった。
これは……どうやら本当に、敵が自分から施設を焼いて自滅したと見てよさそうだな。

『……そろそろ戻るか』

周囲の温度も、水を撒《ま》きながらだったらなんとか歩ける程度には冷えてきた。

住民たちもおそらく目を覚ましているので、そろそろ戻らないと怪しまれるだろう。

しかし……よく考えてみると、先ほどまで戦っていたレリオールの体は、テアフのものだ。

戦闘の跡地にテアフらしき死体などは見当たらなかったが……彼は跡形も残さず、灰になってしまったのだろうか。

色々と面倒なこともあったが、テアフは客観的に見て『いい奴《やつ》』だった。

他に選択肢がなかったとはいえ……かわいそうなことをしたな。

◇

「ユージ！　無事だったか！」

戦いが終わってから少し後。

ルポリスの街へ戻った俺を出迎えたのは、先生たちや生徒たちと……テアフだった。

「テアフ……なんで生きてるんだ？」

何事もなかった様子で走ってくるテアフを見て、俺は困惑した。

偽物か何かだろうか？

俺はそう考えて『術式解析』を使ってみたが、テアフには何も表示されなかった。

ステータスで確認しても、状態異常の類いは見当たらない。

考えられる可能性としてはまず、マデラの魔法が『宿主を殺さない』形になっていたというものだが……マデラが巻き添えになる一般人１人の命を気にするような人間だとは思えない。

だとすると、敗北を悟ったレリオールが、何かしたのかもしれない。

彼女には『ユージを殺す』という意思が注入されていたはずだが……それが不可能になった時点で、縛りがとけた可能性もあるな。

マデラもレリオールも今はこの世にはいないので、真相は分からないが。

「なんでって……普通に、僕はみんなと一緒に目を覚ましたよ？　順番は最後のほうだけどね。……あの石化は、ユージの防御魔法じゃないのか？」

どうやらテアフは、元いた場所で目を覚ましたようだ。

……何らかの魔法の影響という気もするが、詳細は見当もつかないな。

そもそも、死んだ人間が生き返るという時点でよく分からないし。

「防御魔法？　何の話をしてるんだ……？」

「違うのか？　僕たちはてっきり、人間を石に擬態させて、魔物に気付かれなくさせる魔法とかだと思ったんだけど……」

俺がいない間に、なぜかあの蘇生魔法が、俺による石化魔法だということになっていた。

確かに、ただの石のふりをして魔物に見つからなくする魔法があるなら、それなりに効果がありそうな気もする。

魔物はわざわざ、そのへんにある石を壊したりしないからな。

「いや、そんな魔法はないが……」

「じゃあ、あれは何だったんだ……？」

テアフの言葉に、俺は少し考え込む。

まず、あそこで起きたことを全《すべ》て正直に話すのは論外だ。

そもそも『古代の賢者が蘇《よみがえ》って、それと戦った』なんて話、正直に話したところで信じてもらえないだろう。

とはいえ何かしらの理由をつけなければ、誰《だれ》も納得してはくれないはずだ。

などと考えて俺は、一つの案を思いついた。

テアフの話の感じだと、そもそも彼らは今回の事件が人間の仕業だということ自体を知らないようだ。

魔物の襲撃から避難して、その後でよく分からない煙に包まれただけなのだから、『研究所』の誰かを目撃したということもない。

今回の黒幕がいた『研究所』の中の人間は、俺だって直接的には目撃していないくらいだしな。

色々と説明に困るところだが、今この近くにはバオルザードがいる。

ドラゴンというのは、この世界では極めて珍しい存在であり、恐れられたり崇《あが》められたりしている存在でもある。

彼を言い訳にすれば……言い訳が立つんじゃないだろうか。

『バオルザード、悪いが帰るのは少し待ってもらっていいか』

『了解した。何かするのか？』

『今の騒ぎをごまかしたいんだが……バオルザードがやったってことにしていいか？』

さすがに勝手に責任を押し付けるのもひどい気がするので、聞いておくことにしよう。

バオルザードが嫌がったら……適当に魔法かなにかでごまかすしかないな。

『構わない。……その代わり、レリオールが操《あやつ》られたことは伏せてもらっていいか？　彼女の名誉のために、敵に操られたということは隠しておきたい』

『もちろんそうする。復活自体も隠すつもりだ』

バオルザードの協力は得られそうだな。

これで、色々とごまかしが利くだろう。

「俺がいなくなった後、何が起きたんだ？」

「……僕たちも分からない。一番早く目を覚ました人でも、目を覚ましてから1時間も経《た》ってないからね。……最初の方に目を覚ました人は、遠くの方で巨大な炎を見たって言ってたけど……それはユージがやったのかな」

なるほど、ちょうどレリオールとの戦いで『終焉《しゅうえん》の業火《ごうか》』を撃った直後あたりで、住民たちが目を覚まし始めたというわけか。

だとすると……割とごまかしやすそうだな。

「いや、やったのはドラゴンだな。あの黒い結界とか石化とかは、全部亡霊系のモンスターの仕業だったんだが……近くを通りがかったドラゴンが、亡霊系のモンスターを全部燃やしていったんだ」

「亡霊って……レイスみたいな魔物かい？」

「ああ。レイスとはまた別の種類だと思うが、ちょっと特殊な亡霊だ」

とりあえず、こんな感じでいいだろうか。

レイスとかは火に弱い魔物のはずだし、ドラゴンが焼き払ったのも不自然ではないはずだ。

「……なるほど。確かに火を吹くドラゴンなら、亡霊系の魔物には効果がありそうだけど……

ドラゴンって、亡霊系の魔物とはあまり戦わないいんじゃないのか？」

「そういうものなのか？」

「定説ではそうだね。ドラゴンは亡霊が苦手なんじゃないかって噂《うわさ》もある」

初耳だな。

そんな話があるのなら、早く聞いておけばよかった。

そうすれば、もうちょっとマシな言い訳を思いついたかもしれない。

『なあバオルザード、ドラゴンって、亡霊系の魔物が苦手なのか？』

『む？　そんなことはないが……なぜそんな話が出たんだ？』

『王都王立学園の生徒が、ドラゴンは亡霊系の魔物とあまり戦わないって言ってるんだ』

『……ああ、そのことか。確かに我らは、亡霊とはあまり戦わないぞ。食えない魔物を殺しても無益だろう』

なるほど、苦手だから避けているとかではなく、ただ食べられないから触れずにいたということか。

その話に尾ひれがついて、ドラゴンは亡霊と戦わないという話になってしまっただけのようだ。

今の話、そのまま話していいのだろうか？
……などと考えていると、先生の一人が口を挟んだ。

「テアフ、よく考えてみると、ユージはテイマーだ。……普通のテイマーならドラゴンなど扱えるわけもないが、イビルドミナス島の単独許可証を手に入れるレベルのテイマーと考えると……」

「なるほど……まさかドラゴンをテイムさせて、亡霊たちを焼かせた……？」

「いや、テイムはしていないが……」

これは事実だ。
俺はバオルザードに協力してはもらったが、テイムはしていない。
ドラゴンのような強力な魔物をテイムすると大量の魔力を消費し続ける上に、それで魔力を使いすぎて気絶したりすると命にも関《かか》わるので、テイムはしないようにしているのだ。
とはいえ、俺が街を離れていたことを考えると、ただドラゴンが亡霊を焼くのを眺めていたというのは変だろう。

多少は何かしたということくらいは言っておいたほうがよさそうだ。

嘘《うそ》には真実を一部交ぜることで、説得力が増すとも言われているしな。

『……テイムはしてないが、少し話して協力してもらったんだ。それで、一緒に亡霊を焼いた』

ちなみにこの話も、嘘は言っていない。

レリオールは魔物ではないが……死者が蘇って生者の体を乗っ取ったという意味では、亡霊と言っても差し支えないものだからな。

まあ、その亡霊に体を乗っ取られていた本人は、なぜか目の前にいるのだが。

『ドラゴンと話して、協力を……？　そんなことが、本当に可能なのか……？』

……いいタイミングだな。

ここで、説得力を稼ごう。

『バオルザード、俺たちの上空を飛んで、挨拶《あいさつ》っぽいことをしてくれ』

『了解した！』


そう言ってバオルザードが、俺たちのいる街の上を飛ぶ。

すぐに何人かの住民がそれを見つけて、街が騒然となった。

そんな中……注目が集まったところで、バオルザードは咆哮《ほうこう》とともに火を吹いた。

街中から悲鳴が上がるが……バオルザードはそれ以上何もせず、どこかへ飛んでいった。

「あの炎は……何かを攻撃したわけじゃないよな？　まさか、ユージに挨拶をしていったのか……？」

「ドラゴンすら従わせるとは……テイマーとはいっても、ユージは別格だな……！」

どうやら、ごまかしはうまくいったようだ。

その代わりに、俺がドラゴンと話して協力を得たという噂が広まってしまいそうだが……まあ、ここで使った魔法などのことがバレるよりは、ずっとマシだろう。

『ユージ、うまくごまかせたか？』

『ああ。協力ありがとう』

こうして俺たちの林間学校は、終わりを告げた。

林間学校の途中で事件が起こって避難する羽目になってしまったので、途中から再開するという案もあったようだが……いくら地獄の林間学校といえども、あそこまでの大事件があった直後に続行することはなかったようだ。

◇

それから数日後。

俺は林間学校の件についての話で、校長室に呼び出されていた。

内容までは聞かされていないが……何か話があるようだ。

「冒険者ユージ、よく来てくれた。……ドラゴンの協力を得て亡霊を倒したと聞いたが……あれは嘘だな?」

「……どうしてそう思うんだ?」

……話の内容自体は本当なんだけどな。

俺は確かにドラゴン(バオルザード)の協力を得て、亡霊(レリオール)を倒した。

まあ、色々と隠している部分も多いのだが。

「林間学校が行われた場所の近くの荒野の一帯で、地表がガラス化していたそうだ。ちょうどルポリスの住民が、炎を見た方角でな。魔物学者や地質学者の調査報告によると、ドラゴンの炎ではあり得ない高熱によるものだったそうだ。……ドラゴンというよりは、森が焼き払われた後のイビルドミナス島に近い状態だな」

「……なるほど」

地質学者が出てきたのか……。

確かに、地表をちゃんと調べれば、どんな温度の魔法が使われたのかは分かるだろう。

まさかそんなところから、嘘がバレるとはな。

「本当の事情を話すつもりはないか？」

「……ドラゴンと協力して亡霊を倒したのは本当だぞ。嘘は言っていない」

「ふむ……話したくないということか。まあ、深くは追求すまい。我々は助けてもらった側であって、ユージの嘘を追求できるような立場でもないからな」

そう言って校長が、椅子《いす》から立ち上がる。

そして、俺に向かって深々と頭を下げた。

「生徒たちを助けてくれたこと、深く感謝する。……私には詳しい事情は分からないが、先生方の話を聞く限り……もしユージがいなければ、彼らが生きてここに帰ることはなかっただろう」

……まあ、その認識は間違っていないな。

もし俺があそこに居合わせなかったら、そのままレリオールが復活して、生徒も住民もまとめて生け贄《にえ》になっていただろう。

「それで、お礼をしたいのだが……ユージを、王都王立学園の名誉教授に任命したいと思っている。もちろん表向きは『ドラゴンの協力を得て、亡霊を燃やした』功績をたたえて……という形になる」

「……名誉教授？」

名誉教授と言われても、あまりピンとこないのだが……普通は嬉《うれ》しいものなのだろうか。
学園をまだ卒業すらしていない俺が教授とか言われても、ちょっと反応に困るところだ。

ただ、ひとつ期待できる部分がある。
俺がこの学園に入学した理由に関わる話だ。

「もしかして……名誉教授になれば、禁書庫への立ち入り許可が下りるのか？」

「そういうことだ。これが我々がユージにできる最大限のお礼だと考えている。……受け取ってくれるかね？」

「ああ。ありがとう」

まさか禁書庫への立ち入りに、こんな抜け道があったとは。

俺にとっては、一番嬉しい報酬だな。

「ちなみに、名誉教授って言っても、別に学校で教えたりはしないんだよな？」

「ああ。もしユージが魔法や剣術を教えてくれるなら、教わりたい生徒はたくさんいそうだが……強制ではないぞ。名誉教授はあくまで称号の一種だからな」

「なるほど」

どうやら、俺に魔法やら剣やらを教わる不幸な生徒を生まずに済んだようだ。

まあ、俺のことを少しでも知っている人間なら、俺の授業など、誰も受講はしたがらない気がするが。

もし間違って受講する生徒が出てしまったとしても、2回めの授業には出席しないはずだ。

「……授業を受け持ってくれるなら色々と準備するが、教えてくれるかね？　剣術でも、魔法でもいいぞ」

「いや、やめておく」

俺に剣術を教わるくらいだったら、そのへんの冒険者にでも教わったほうがずっとマシだろう。

なにしろ俺は、剣で戦うときに、自分がどうやって剣を振っているのかすら理解していないのだ。

ただなんとなく剣を振ると、『超級戦闘術』が勝手に勝たせてくれる。

一方、魔法のほうは……今までに俺が読んだ本を渡して、ただの自習の時間という感じになってしまう。

なにしろ俺は、本を読む以外の方法で魔法を習得したことがないからな。

まあ本の内容がよければ、自習としてはそれなりに役に立つかもしれないが……俺がいる必要は皆無だ。本だけあればそれでいい。

「今日から禁書庫に入りたいんだが……問題ないか？」

「もちろんだ。これが禁書庫の鍵だ」

そう言って校長は、俺に重厚な鍵を手渡した。

どうやら、これで禁書庫に入れるようだ。

「……ただし、禁書を読むときには気をつけてくれ。何が起こっても、学園は責任を持てないからな」

「分かった」

それから数十分後。

俺《おれ》はエトワスの魔法書を探すべく、禁書庫へとやってきていた。


「……これが禁書庫か」


禁書庫は、『書庫』と聞いてイメージするよりも、ずっと狭い部屋だった。

スペースとしてはおそらく、10畳もないだろう。

厳重に管理する必要があるレベルの本ともなると、そんなに数は多くないということかもしれないな。


一般的な書庫とは違う点は他にもあった。

部屋の一番奥には、銀行とかの金庫にありそうな感じの、ものすごく重厚な扉がある。

扉の上には『閲覧室』と書かれていた。

そして俺から見て右側の壁は、分厚い水晶か何かでできていて……そこから1人の女性が、中の様子を窺《うかが》っているのだ。

さらに、水晶の壁にはなにやら魔法がかかっているように見えた。

見た目では分からないのに、なんとなく魔法の存在を察することができるのは……この前習得した『術式解析』のおかげだろうか。

そう考えて『術式解析』を使ってみると、かけられた魔法の一覧が表示された。

対魔法防壁
対物理防壁
対炎防壁
対精神汚染防壁
防音魔法
視覚遮断

……なんだか物騒な感じだな。

ここまでする理由はなんだろう。

そう訝《いぶか》しんでいると、女性が口を開いた。

しかし、彼女の目はこちらを向いていない。

「はじめましてユージさん、司書のオリビエです。……中にいらっしゃいますよね？」

女性の声は壁越しではなく、部屋の隅にある魔石から聞こえた。

おそらく、スピーカーのようなものだろう。

「ああ。禁書庫の中にいるが……もしかして、俺が見えてないのか？」

俺がそう告げると……女性の手元の石版のようなものに、何かが表示された。

よく見てみると、俺が先ほど言った言葉がそこに書かれている。

「すみません。精神汚染を防ぐために、私は中のものを直接見たり聞いたりできないようになっているんです」

……なるほど、防音魔法や視覚遮断というのはそういうことか。

こちら側からは向こうを見ることができるが、向こうからはこちらが見られないということなんだな。

とはいえ、司書は司書だ。

おそらく本などの場所を聞けば、教えてくれるのだろう。

「エトワスの魔法書って、どこにあるか分かるか？」

「……エトワスですね。Ｅ‐６の棚にあると思います」

俺はその言葉を聞いて、棚を探す。

すると、すぐに『Ｅ‐６』と書かれた棚が見つかった。

その中に、黒い表紙で『エトワスの書』と書かれた本がある。

「見つかった。ありがとう」

俺はそう言って、本棚からその本を取り出す。
しかし、その本には鍵がかけられていた。
どうやら本を開くにも、鍵が必要なようだ。

「この本、鍵がついてるんだが……」

「ああ、鍵はすべて、閲覧室の中にありますよ。閲覧室の鍵が施錠されると、本を開くための鍵が出てくる仕組みです。……閲覧室以外で禁書を読むのは禁止なので、読み終わったらちゃんと鍵を閉めてくださいね」

「分かった」

俺はそう言って、閲覧室の扉に手をかける。
その途中で嫌な予感がして、俺は扉に『術式解析』を使った。
すると……。

対魔法防壁
対物理防壁
対炎防壁
対精神汚染防壁
対爆防壁
気密防壁
遠隔起動型爆発《ばくはつ》魔法
遠隔起動型毒ガス魔法

さっきの水晶の壁も物騒だったが、この部屋はさらに物騒だ。

爆発や毒ガスを防ぐ機能だけではなく、爆発や毒ガスを発生させる魔法までついている。

もしや、元々は処刑室か何かだった部屋を、図書室に転用したのだろうか。


「……なあ、この部屋の扉、爆発する機能や毒ガスが出る機能がついているみたいなんだが……」

「ユージさん、優秀な方だとは聞いていましたが……この短時間でお気付きになるんですね……！」

司書は悪びれた様子もなく、そう告げた。
どうやら隠すつもりもないようだ。

「この魔法って、何のためにあるんだ……？」

「ええと……少し昔に、禁書によって精神汚染を受けてしまった人によって、禁書庫が半焼してしまった時に作られたものですね」

「……なるほど、精神汚染か」

「はい。あの時は精神汚染を受けた方がさほど強くなかったので、禁書庫が半焼するだけで済みましたが……誰《だれ》が精神汚染を受けるかによってはそれ以上の大惨事も起こる可能性があるので、それを防ぐための措置です」

……この話の感じだと、どうやらこの閲覧室とやらは、禁書によって精神汚染を受けた者から『周囲の者』を守るためにあるようだ。

閲覧室の鍵を閉めないと本を開けないというのも、そのためなのだろう。

「要するに……ここにある本を読んで錯乱したら、殺されるってことか？」

「状況によっては、そうなりますね。異常事態が発生した場合は、私の判断でこのボタンを押すことになっています」

そう言って司書のオリビアが、彼女の近くの壁にあるボタンを指す。

壁には、三つのボタンがあった。

一つめは黒いボタンで『施錠』と書かれている。

二つめは青いボタンで『鎮静』と書かれている。

そして三つめは赤いボタンで……『処分』と書かれている。

「……まるで実験体かなにかになった気分だな……」

「面白《おもしろ》い表現ですね。……実際、割と正しい表現だと思います。禁書を読むのは、自分の体を材料にして人体実験を行うようなものですから」

うーん、物騒な場所に来てしまったようだ。

マデラもエトワスの書に『呑《の》まれる』とかなんとか言っていたが……禁書というのは、やはりただの本ではないのだろうか。

読まずに済ませられるなら、それが一番いいな。

もしかして……ここの司書なら、読んだことがある人を知らないだろうか。

「なあ、このエトワスの書を読んだことがある人に心当たりはないか?」

「過去10年に数人いますが……全員が行方《ゆくえ》不明か、すでに死亡していますね。うち1人は、大量殺人の罪で処刑されています」

「……なるほど。その人たちは、読み終わってすぐに何か問題を起こしたのか？」

この本を読んだことがある人には期待できそうにない。

だが、この本を読んだ時に何が起きるか分かっていれば、対処はしやすくなるだろう。

「いえ。この本を読んで禁書庫から出た人は、その後は普通に過ごしていますね。少なくとも全員、卒業はしています」

なるほど、悪影響があるとしてもすぐではないんだな。

だとしたら、対処を考える時間もありそうだ。

……もしかすると読むこと自体というより、読んだ知識を使う際に何かが起こるのかもしれないな。

「……あ、でも1人だけ、この本を読んだと思われるタイミングで消えてしまった人がいます」

「消えてしまった？」

「はい。閲覧室にこの本を持って入った人が、出てこなくなってしまって……後で確認したところ、開いた状態の本だけが置かれていたという事件がありました。完全な密室のはずですし、出入り口も司書が見張っていたはずなのにです」

消えたって……比喩表現とかじゃなくて、本当にいなくなったのか。
本に取り込まれてしまったとかは、漫画の世界などではありそうだが……そういう感じか？
魔法がある世界なら、一概にありえないとは言えなさそうだ。

いずれにしろ、この本は必ずしも安全とはいえないようだ。
だが……今から引き返すのも、それはそれで危ない。
『研究所』を放置するのが危険すぎると判断したからこそ、俺はここに来たのだから。

「どうしますか？」

「とりあえず読んでくる」

俺はそう言って、閲覧室の扉を開けた。

扉は、『超級戦闘術』を持つ今の俺でも重く感じるほどの分厚さだった。

先ほどの話を聞いた感じだと……おそらく、本を読んで錯乱した人間を閉じ込めるためなのだろう。


扉を閉めると、中には円形のハンドルがついていた。

ハンドルには右向きの矢印が書かれている。

矢印に向かってハンドルを何度か回すと……軽い音とともに部屋の奥の引き出しが開き、中から鍵が現れた。

閲覧室が施錠されると鍵が出てくるというのは、こういうことか。


俺は本に鍵をさす前に、『術式解析』で本を見てみた。

すると『残留思念』という魔法のようなものがかかっていることが分かったが、詳細は表示されなかった。

どうやら、ただの本ではなさそうだな。


などと考えつつ、俺は周囲を見回す。

呪《のろ》いはかかっていなさそうだが、さすがに危険な本のようなので、読む前に解呪を試しておきたい。

しかし禁書を勝手に解呪したら怒られるかもしれないからな。


「解呪・極」


解呪魔法を使ったが……見た目では、何も起こらなかった。

とりあえず、本を開く準備は十分だと考えていいだろう。

俺は深呼吸をひとつして、本に鍵を差した。


……俺はこういった分厚い本を読むとき、まずは中身を見てみる派だ。

最初のほうのページは目次とかが続いていて、本自体の雰囲気を知るには向いていないからな。

その癖《くせ》で、俺は本のちょうど真ん中あたりを開こうとしたのだが……本はビクともしなかった。

鍵は開いているはずなのに、ページが接着でもされているかのように動かない。

諦《あきら》めて1ページ目をめくろうとすると、あっさりページはめくれた。

だが、そこに書かれていたのは、タイトルでも目次でもなかった。
そこには、ただ一文が書かれている。

汝が滅ぼさんと願うものは何だ？

……どうやら、滅ぼそうと思うものを聞かれているようだ。
別に今まで、何かを滅ぼそうと思ったことはないのだが……タイミング的には、『研究所』を滅ぼそうとしていることになるのだろうか。
などと考えながら次のページをめくると、また1行だけのページがあった。

ブラック企業を滅ぼさんと願う者よ、力を欲するか？

研究所を思い浮かべたはずなのに、なぜかブラック企業を滅ぼすという話になっていた。
まあ、確かに今までの人生で、一番滅ぼしたいと思った存在はブラック企業かもしれないが……この本は深層心理でも読み取るのだろうか。

次のページをめくるのであれば、覚悟せよ
世界からブラック企業を滅ぼすまで、汝に安らぎはない

なんだか脅されているような感じだな。
滅ぼす対象として『世界』とかを選んだら、大変なことになりそうだ。
などと考えつつ俺は、さらに次のページをめくろうとする。

すると……俺の眼の前に、ウィンドウ表示が現れた。

ステータスや『術式解析』を使ったときのような表示だ。

だが、珍しいことに……そのウィンドウ表示には、選択肢がついていた。


エトワスの魔法書を受け入れますか?

承諾であればYESを、拒否するのであればNOを押してください。

無回答の場合、承諾と見なします。


……こういった『Yes/No』を選択できるウィンドウを見たのは、2回めだ。

1行目だけが、初めて見た時とは異なっているが……それ以外はまるっきり同じだな。

ちなみに、初めて見た時の1行目には、『あなたは、異世界に召喚されました!』と書かれ

ていた。

俺がこの世界に来る直前に、パソコンに表示されていたウィンドウがそれだ。

あの時、ウィンドウを無視してパソコンの電源を落としたら、問答無用でこの世界に召喚された。

もしかしたら、この本にかかっている魔法は、俺の召喚と近い性質を持っているのかもしれない。

そう考えつつ俺は、ページをめくる。

すると、小さな警告表示が出た。

『無回答——承諾と見なします』

これも召喚された時と同じだな。

だが、その次に起こったことは違っていた。

『エトワスの魔法書による精神汚染を受け入れました』

……どうやら『安らぎはない』というのは、精神汚染のことだったようだ。

読むのに代償を求めるというのは、なんというか……まさに禁書って感じだな。

そうならそうと書いてくれればいいのだが……こういう不親切さも、禁書らしいといえば禁書らしい気がする。

しかし、精神汚染を受けたという割には……俺自身の感覚は、特に何も変わっていないな。

それともブラック企業を見かけたら、無意識に『終焉《しゅうえん》の業火《ごうか》』かなにかを撃つようにでもなったのだろうか。

ステータスがどうなっているのか気になるので、確認してみるか。

職業：テイマー　賢者
スキル：テイミング　光魔法　闇《やみ》魔法　火魔法　水魔法　土魔法　雷魔法　風魔法　時空魔法　特殊魔法
大魔法　使役魔法　付与魔法　加工魔法　超級戦闘術　術式解析　エトワスの魔法
状態異常：精神汚染（エトワスの魔法書）（条件達成により解除中）
属性：なし

HP　17251／17251
MP　1066000／1066000

確かに、状態異常に精神汚染が現れているな。

しかし……その精神汚染には、『条件達成により解除中』と書かれている。

俺がそれを眺めていると、精神汚染の文字は点滅するように濃くなったり薄くなったりして……やがて消えてしまった。


「……何だったんだ……？」


精神汚染は消えてしまったが、エトワスの魔法はまだ残っている。

これは要するに、代償なしでこの本を読めるということだろうか。

条件達成と書かれていたところを見る限り、俺はこの世界からブラック企業を滅ぼしたことになっているようだ。

『研究所』などもブラック企業といえばブラック企業のような気がするので、滅ぼせてはいないようにも思うが……俺が知っている日本のブラック企業とは違うので、対象にカウントされないということかもしれないな。

そう考えると、この世界には最初から、日本基準での『ブラック企業』など存在しなかったのではないだろうか。
そもそもホワイトとかブラック以前の問題として、日本の基準での『企業』自体、この世界にはおそらくないのだから。

魔法書はこの世界に企業がないことに気付いて、『この世界に存在しない＝滅ぼし終わった』と判断して、条件達成扱いにしてくれたのかもしれないな。
精神汚染の文字が薄くなったり濃くなったりしていたのは、魔法書が混乱していたということかもしれない。

……こう考えていくと、俺は奇跡的なまでに『エトワスの魔導書』との相性が良かったということになりそうだ。
とりあえず、『呑まれる』ようなことにはならなかったと考えて間違いなさそうだな。

などと考えつつ俺は、次のページをめくる。

すると……次のページは1行ではなく、しっかりと内容が書かれていた。


内容自体は魔法書っぽい雰囲気だな。

『神滅の魔導書』とかと、似たような感じの文字だ。

難しい表現が多いが……読めなくはない。


普段ならスライムを使って読むところだが、条件達成がスライムにも適用されるかは分からないので、自分で読むしかなさそうだ。

もしスライムがこの本を開いたら、この世にある全《すべ》ての草を滅ぼさんと暴食を始めるかもしれない。

あるいは自分たちが食べる草を取り合うライバルとなってしまう、草食動物たちを滅ぼそうとする可能性もあるだろう。

いずれにしろ、ロクなことにはならないというわけだ。


読んでいる感じ、この本の内容は、ほとんどが魔法に関する理論のようだ。

こういったものの場合、流し読みするだけで魔法の習得自体は可能なので、普段は魔法の効果説明以外真面目《まじめ》に読まないのだが……さすがにこの本の場合は危ないかもしれない。

面倒だが、おとなしく最後まで読むか……。

第十章

それから一週間後。

俺《おれ》は毎日禁書庫に通い、ようやく本を読み終わった。

前半部分を読んだ時点で、『研究所』の本部がある場所につながる魔法の候補は見つかったのだが……危険な本の知識を半端《はんぱ》に読んで使いたくはなかったので、一応最後まで読んだのだ。

そして……俺は覚えた魔法を試すために、王都近辺の森へとやってきていた。

今日試したい魔法は三つある。

一つ目は『殲滅者《せんめつ》の扉』。

これが本の前半で見つけた、『研究所』の本部につながる魔法その1だ。

本の中身を読んだ感じだと……この魔法はどうやら、『殲滅者の部屋』とやらに行ける扉を生成するものらしい。

別の場所につながる扉の魔法は初めて見るが……まあ、異空間のようなものにつながる魔法が存在すること自体は、そんなに驚きではない。

そもそもスライム収納自体が、異空間につながっているようなものだしな。

あれだけ大量のものを収納しても、スライム自身は1グラムも重くならないのだから。


真っ先に試したい魔法はこれなのだが……扉がつながる場所によっては、それこそ敵の拠点のど真ん中に放り出されて、いきなり戦闘ということになる可能性もある。

まずは他の魔法を試して、突入の準備を進めたいところだ。


二つ目は『完遂者の扉』。

これもどこかにつながる扉を開く魔法のようだ。

本の記述を読んだ感じだと、こちらは本を開いたときに付与された条件を完遂して、精神汚染を解いた人間にだけ使える魔法のようだ。


これも一応は別の場所につながる魔法だが……こっちが敵の拠点につながっている可能性は低いような気がする。

というのも、『研究所』の上層部が、滅ぼしたいものを滅ぼし終わったとは思えないのだ。

もしそうだったら、『研究所』があんな真似《まね》を続けている理由が分からないからな。

この魔法は、一番後回しにする予定だ。

というか『殲滅者の扉』のほうに『研究所』があったら、そもそも『完遂者の扉』は使わないままにしておいたほうがいいんじゃないかという気もする。

本による精神汚染は俺に効果を及ぼさなかったが、中身の魔法まで安全だと証明されたわけではないからな。

よく分からない場所につながる魔法なんて、放っておくのが一番だ。

もし『殲滅者の扉』がハズレだったら、こっちの魔法も使うことになるが。


そして三つめの魔法は……俺が今までほしかった魔法の一つだ。

魔法の名前は『竜翼の祝福』。

本の記述が正しいとすれば……これは、飛行魔法だ。

飛行魔法は今までも何度も必要な場面があったが、使えなかった魔法の一つだ。

一応、結界魔法を階段のように展開すれば上空まで『歩く』ことはできるが、速度は文字通り歩くような速さにしかならない。

プラウド・ウルフなどに乗って階段を上れば多少は速くなるが……スラバードやバオルザードのように空を飛ぶことができれば、なにかと便利なのは間違いないだろう。

この『竜翼の祝福』は、まさにそうやって鳥のように飛ぶことができる魔法だと、本には書いてあった。

魔力消費やコントロールの難しさといったデメリットがあるとは書かれていたが……必要な場面で空を飛べるなら、多少のデメリットには目をつむることができるかもしれない。

特に真竜との戦いなどでは、『ケシスの短剣』を使うために距離を詰める必要があるので、飛行魔法は必須と言っていい。

「竜翼の祝福」

俺が魔法を発動すると……背中に炎のようなものでできた翼が現れた。

生えているというよりは、俺の背中から少し離れた場所に浮いているといった感じだ。

炎のような見た目が気になって、試しに触ってみたが……熱くはない。

「……確かに、魔力消費はかなり多いみたいだな」

俺はステータスを確認しながら、そう呟《つぶや》く。

ただ翼を出しているだけで、空を飛んではいないにもかかわらず……10秒ごとに『極滅の業火《ごうか》』を使うのと同じくらいの勢いで魔力を消費している。

少なくとも、普段遣いには全く向かなそうな魔法だ。


しかし、この翼を使ってどう飛べばいいのだろうか。

羽ばたけばいいのか……?


などと考えていると、体がひとりでに浮き上がった。

前に進もうと考えたら、体は前に進む。

右に旋回しようと考えたら、今度は右に旋回した。


どうやら、この『竜翼の祝福』は、ただ考えるだけでその方向に進めるようだ。

練習が必要ないタイプの魔法でよかったな。

もし飛ぶのに練習が必要だったりしたら、いくら魔力があっても足りない感じになってしまうところだった。

「さて……問題はここからか」

とりあえず浮くことはできたので、俺はまず上に向かって全力で飛ぶことを思い浮かべた。
すると、次の瞬間……周囲の景色が吹き飛んでいった。

気付くと森は、俺から見てはるか下方にある。
王都全体すら見渡せてしまうような高さだ。
……これは、エンシェント・ライノより速いのではないだろうか……？

『ユージさん、どこ行ったッスか!?』

『ユージ、どっかに飛んでったー！』

俺を見失ったプラウド・ウルフとスライムたちが、困惑の声を上げている。
どうやら目で追えなかったようだ。

『ユージ、空にいるよ～！』


そう告げるスラバードも、俺よりはるか下を飛んでいた。

……自力でこの速度と高度が出せるとは……思ったよりも強力な魔法だな。

これだけ速度を出せば、空気抵抗などで体にダメージを受けそうな気もするが……そういった問題も起きていないようだ。

おそらくそのあたりも『竜翼の祝福』が吸収してくれるということなのだろう。


この魔法は、緊急時の脱出などの場面で反則的なまでの便利さになりそうだな。

なにしろ、地上から何の準備もなしに、上空数キロまで飛び上がれるのだ。

炎魔法適性のスライムを抱えて上空に飛べば、そのまま『終焉《しゅうえん》の業火』で地上を焼き払うこともできる。


しかし、代償も大きかった。

今の一瞬……空に向かって飛ぶ前と比べて、今の俺の魔力は『絶界隔離の封殺陣』1発分ほども減っていたのだ。

同じことをあと2回やれば、魔力はマイナスになってしまう計算だ。

……とりあえず、先ほどの速度での飛行は、一種の切り札として考えたほうがよさそうだな。
などと考えつつ俺は、スラバードと同じ場所まで高度を落とす。
すると、スラバードが俺の元まで飛んできた。

『ユージ、飛べるようになったの～？』

『ああ。長時間は飛べなさそうだが……短時間なら飛べるみたいだな』

俺はそう言って、魔力の様子を見る。
全力で加速したりしなければ、魔力消費は5秒ごとに『極滅の業火』1発分程度で済むようだ。
地上で魔法だけ起動したときに比べれば2倍ほどの魔力消費だが……このペースなら魔力満タンから2分ほどは飛んでいられる計算になる。

問題は速度だが……。

『ユージ、まって～！』

俺が水平に飛び始めると、スラバードがだんだんと後ろにずれていき……最終的には、すごい速度で後ろへとすっ飛んでいった。

しかし、魔力の消費量は特に増えていない。

どうやら全力を出さなければ魔力消費は増えないが、加速には多少の時間がかかるようだな。

もしかしたら最高速度は、先ほどとあまり変わらないのかもしれない。

『地上で合流しよう。魔力がだいぶ減ってきた』

俺は残りの魔力量を確認して、スラバードやプラウド・ウルフにそう告げた。

魔力はもう3割も残っていない。

この魔法、調子に乗って飛びすぎていると、いつの間にか魔力切れで墜落することになるな。

便利で強力な魔法ではあるが、気をつける必要がありそうだ。

『分かった～！』

俺はスラバードの言葉を聞きながら高度を落とし、地面へと着地した。

◇

それから数十分後。

俺は飛び立った時点から着地地点までの距離を測り、飛行速度を計算していた。

水平に飛んでいた時間などは正確に測っていないので、割と大雑把《おおざっぱ》な計算になってしまったが……それでも、大体の速度は見当がついた。


「……平均時速300キロってとこか」


俺は水平に飛んでいた30秒ほどの時間で、3キロ近い距離を移動していたようだ。

計算すると、平均時速は300キロ……マッハ0・25ほどだということになる。

平均速度でこれなので、一番スピードが出ていたタイミングでは時速500キロ近いかもしれないな。


素晴らしい速度だが……魔力消費を考えると、長距離移動にはあまり向かなそうだ。

というのも、たとえ安全に飛べる高度まで魔力消費ゼロで移動できたとしても、水平飛行できる時間は2分間しかない。

今回は30秒で3キロ飛べたので、単純計算で12キロしか飛べない計算になる。

加減速によるロスがなくなる分、多少は効率がよくなるだろうが……それでも2倍の距離を飛ぶことはできないだろう。

戦闘時などに短時間使う魔法としては便利そうだが、長距離移動はいつも通りプラウド・ウルフに乗ることになりそうだな。

まあ、そもそも空を人が飛んでいたら目立つので、魔力以外の面でも飛べるシーンが限られそうだが。


などと考えつつ俺は、一度宿へと戻った。

魔力をほとんど使い果たした状態で、『研究所』の本部に突撃するわけにはいかないからな。

一度魔力を回復してから、次の魔法を試してみよう。

◇

翌日。

俺は魔力が回復したのを確認してから、森へとやってきていた。

『殲滅者の扉』

俺が魔法を発動すると……目の前に、巨大な扉が現れた。

扉はすでに開いているが、中は真っ黒に塗りつぶされたような感じで、向こう側の様子は見えない。

なんだか不気味な感じだ。

『行くぞ。準備はいいか?』

『『『だいじょうぶ〜!』』』

『だ、だいじょうぶッス!』

俺はその言葉を聞いて、扉の中へと飛び込んだ。

次の瞬間、俺の目の前にあったのは……巨大な祭壇のようなものだった。

あとがき

はじめましての人ははじめまして。前巻や他シリーズ、そしてアニメからの方はこんにちは。進行諸島《しんこうしょとう》です。


このシリーズももう13巻になりましたが、アニメ等からいらっしゃった方もいるかもしれません。最近は配信サービスのお陰で、テレビ放送終了後に一気見のような形で楽しんでいただけるケースも多いみたいですね。

ということで、本シリーズについて軽く説明させていただきます。


前巻までやアニメ、漫画などをご覧になった方はすでにお分かりの通り、本シリーズの軸《じく》は主人公無双《むそう》です。

その軸はこの13巻に至るまで、1ミリたりともずれておりません！

そして、今後もずれる予定はありません！

ちなみにアニメ版では一部オリジナル展開があったので、レッサーファイアドラゴンの件くらいまでが原作ベースです。

具体的にどう違うのかは……ぜひ本編を読んでお確かめ頂ければと思います！


さて、今回はあとがき2ページということで、そろそろ謝辞《しゃじ》に入ろうと思います。

毎週押し寄せる確認物の中、あらゆる面でサポートを頂いた担当編集の皆様。

素晴《すば》らしい挿絵に加え、メディアミックス関連のイラストなどを描いてくださった風花風花《かざばなふうか》様。

それ以外の立場から、この本に関わってくださっている全ての方々。

そしてこの本を手にとって下さっている、読者の皆様。

この本を出すことができるのは、皆様のおかげです。ありがとうございます。

14巻も、今まで以上に面白《おもしろ》いものをお送りすべく鋭意《えいい》製作中ですので、楽しみにお待ち下さい！


最後に宣伝《せんでん》です。

この本と同時に、失格紋のコミック版22巻が発売になります。

興味《きょうみ》を持っていただいた方は、そちらもよろしくお願いいたします！


では、次巻や他シリーズ、漫画版などでまた皆様とお会いできることを祈りつつ、あとがきとさせていただきます。

進行諸島

GAノベル

転生賢者の異世界ライフ 13
～第二の職業を得て、世界最強になりました～

2023年3月31日　初版第一刷発行

著者　進行諸島

発行人　小川 淳

発行所　SBクリエイティブ株式会社
〒106-0032　東京都港区六本木2-4-5
03-5549-1201　03-5549-1167（編集）

装丁　AFTERGLOW

印刷・製本　中央精版印刷株式会社

ISBN978-4-8156-2008-0
Printed in Japan

ファンレター、作品のご感想をお待ちしております。

〒106-0032　東京都港区六本木 2-4-5
SBクリエイティブ株式会社
GA文庫編集部 気付

「進行諸島先生」係
「風花風花先生」係

本書に関するご意見・ご感想は
下のQRコードよりお寄せください。
※アクセスの際に発生する通信費等はご負担ください。

https://ga.sbcr.jp/

異世界転生×賢者
=無双!?
「失格紋の最強賢者」ペアが贈る、
もう一つの異世界最強譚!

マンガUP!
にて
大好評連載中
!!!
転生賢者の異世界ライフ
～第二の職業を得て、世界最強になりました～
原作 進《しん》行《こう》諸《しょ》島《とう》(GAノベル／SBクリエイティブ刊)
漫画 彭《ポン》傑《ジェー》(Friendly Land)
キャラクター原案 風《かざ》花《ばな》風《ふう》花《か》
©Shinkoshoto / SB Creative Corp.

最強のさらにその先を目指す、
戦う魔法使いの物語！
進行諸島先生×風花風花先生の
大ヒットファンタジーを
殲滅魔導の最強賢者
無才の賢者、魔導を極め最強へ至る
原作：進行諸島（GAノベル／SBクリエイティブ刊）
キャラクター原案：風花風花
漫画：月澪＆彭傑（Friendly Land）
(c) Shinkoshoto / SB Creative Corp.Original Character Designs: (c) Huuka Kazabana / SB Creative Corp.

コミカライズ！
マンガUP！にて
大好評連載中！
最強を目指す、
戦う魔法使いの物語！
失格紋の最強賢者
～世界最強の賢者が更に強くなるために転生しました～
原作：進行諸島（GAノベル／SBクリエイティブ刊）
キャラクター原案：風花風花
漫画：肝匠＆馮昊（Friendly Land）

試読版は
こちら!

試読版は
こちら!